TITEL: Der Sprung über den Zaun

Autor: Matthias Schippel

Klappentext: Die bewegende Geschichte von Robert und Safina, deren Lebens- und Leidenswege sich in einer Klinik kreuzen und die nicht nur aneinander Gefallen finden, sondern sich auf eine Reise in Safinas Vergangenheit nach Bosnien begeben. Dort sucht sie die Spuren ihrer im Krieg erlebten schrecklichen Erfahrungen. Robert begleitet sie und hilft ihr auf dem Weg zu einer Anerkennung als traumatisierte Asylsuchende in Deutschland. Doch Safina geht ihren eigenen Weg.

Kapitel 1

Dämmerlicht fiel durch die Fenster in seine Praxisräume und füllte sie mit einer eigentümlichen Stille und Schwere. Alles war im absoluten Ruhezustand, kein Mensch bewegte sich im Raum, die Möbel und Gegenstände standen an ihrem Ort, als hätte sie seit Jahren keiner mehr bewegt oder in die Hand genommen. Nur das Licht am Anrufbeantworter der Telefonanlange auf seinem großen Mahagonischreibtisch blinkte. Er blickte sich noch einmal in seinem Praxisraum um.

Das war nun also der vorläufige Abschied. Oder endgültig? In diesem Moment wusste er nur, dass die Rückkehr in seine Arbeit als Psychiater in einer kleinstädtischen Praxis vorläufig undenkbar war. Mindesten für ein Jahr lang – er dachte an ein Sabbatjahr – würde er abtauchen und sich nur noch um sich und seine Gesundheit kümmern. Zuviel war passiert und hatte zu diesem scheußlichen Gefühl dauernder Angst und Überforderung geführt. Angst, zu versagen und einen Fehler zu machen, der einen oder eine seiner Patienten ins Unglück stürzen würde. Weil er nicht mehr richtig zuhörte, etwas Wichtiges übersah oder ein falsches Medikament verschrieb. Einmal war es fast passiert bei einer Frau mit Suizidgedanken, dass er ein Medikament gegen Depressionen verabreicht hätte, obwohl sie schwer nierenkrank war und das auf der

Packungsbeilage als Risiko verzeichnet war. In anderen Fällen hatten ihn Patienten darauf aufmerksam gemacht, dass er Fragen stellte, die sie längst beantwortet hatten. „Aber Herr Doktor, das habe ich Ihnen doch schon beim letzten Gespräch gesagt". Das war ihm unendlich unangenehm, weil er seinen Beruf lange Jahre gewissenhaft ausgeübt hatte. Und jetzt diese Ausfallerscheinungen und Erschöpfungszustände. An manchen Tagen fühlte er sich schon nach zwei oder drei Stunden so müde und lustlos, dass er nur noch mechanisch Protokolle und Patientengutachten schrieb. Er sagte immer öfter Termine ab mit fadenscheinigen Begründungen. Das führte dann bei seinen Patienten zu unterschiedlichen Reaktionen, je nach Persönlichkeit. Einige beschimpften dann seine Bürokraft am Telefon, die sich das anhören musste und ihn dann vorwurfsvoll ansah, wenn sie ihm davon berichtete. „Frau S. hat angerufen, sie ist völlig am Ende, sie braucht dringend einen neuen Termin". Aber sein Terminkalender ließ aufgrund seiner inneren Verfassung, die er als desolat empfand, aber nach außen abschirmte, nur noch eine begrenzte Anzahl an Terminen zu. Daher hatten sich auch schon einige Patienten an seine Kollegen gewandt, die in der Nähe arbeiteten, und das wiederum hatte schon zu einem finanziellen Verlust geführt, der etwas weh tat. Außerdem litt natürlich sein Ruf als psychiatrischer Facharzt, den er sich über lange Jahre aufgebaut hatte.

Dass er sich nun um seine Gesundheit kümmerte, war ungewöhnlich, aber notwendig, weil die negativen Rückmeldungen nicht mehr zu überhören waren und auch nicht überzeugend erklärt werden konnten. Vor einigen Wochen hatte ihn seine langjährige Bürokraft und treue Helferin Kathrin - ein Juwel, wenn es darum ging, lästige Telefonate abzufangen - angesprochen und mit sorgenvoller Miene gefragt: „Was ist los mit Ihnen, Herr Doktor, das kenne ich gar nicht bei Ihnen. " Kurz zuvor hatte er eine Frau aus seiner Praxis gewiesen, die sich bei ihm über mangelnde Termine beschwert hatte. Das war nicht seine Art, und beim Nachdenken über diesen Vorgang am Abend desselben Tages wurde ihm klar, dass es jetzt an der Zeit war, sich nicht mehr weiter vorzumachen, er könne seinen Praxisbetrieb in reduzierter Form aufrechterhalten. Die Qualität seiner Arbeit, das war ihm klar, hatte zu sehr nachgelassen im letzten Jahr, und er merkte das auch an der wachsenden Gleichgültigkeit gegenüber den Geschichten seiner Patienten. Manchmal hatte er das unangenehme Gefühl, dass sich ihre Geschichten wie Saugnäpfe an ihn hefteten und nach unten zogen. Außerdem war da dieser unangenehme Wiederholungsfaktor, immer mehr bündelten sich die Krisensymptome von Menschen zu einem Haufen ungelöster Eheprobleme, Überlastungen am Arbeitsplatz, Missbrauch und Gewalt in den unterschiedlichsten Formen. Es war für ihn immer schwieriger geworden, diese Problemberge abzutragen, um den Hintergrund herauszufinden und sinnvolle Therapiemaßnahmen einzuleiten. Dann verschrieb er irgendwelche Standartmedikamente, Stimmungs-aufheller oder Appetizer und in schweren Fällen Psychopharmaka. Mehr und mehr hatte er gerade gegenüber Letzterem Aversionen entwickelt, weil er wusste, dass Menschen nach längerer Einnahme davon abhängig wurden und ein Absetzen – eigentlich Ziel der Behandlung – gefährlich wurde. Oder sie spülten die Tabletten ins Klo, weil sie die unangenehmen Nebenwirkungen spürten. Er hätte viel lieber therapeutische Behandlungen durchgeführt, aber er war nun mal Psychiater und konnte nur wenige Patientinnen in Gesprächstherapie nehmen. Die vielen anderen, die sein Wartezimmer bevölkerten, brauchten kurzfristig eine Diagnose, Krankschreibung, Medikamente oder Überweisung in eine Therapie oder Klinik. Das war nun mal sein Job als Psychiater. Es reichte erst mal nach zwanzig Jahren. Er hatte dies an jenem Abend festgestellt, nachdem er die Frau in seiner Praxis angeschnauzt hatte. Er beschloss, seine Praxis für ein halbes Jahr erst mal zu schließen und den Erschöpfungszuständen, die ihn immer häufiger anfielen, auf den Grund zu gehen, und hatte sich in einer Klinik zu einer Therapie angemeldet, die etwa sechs Wochen dauern sollte.

Er sah sich noch einmal in seinen Räumen um, sein Blick fiel auf den großen Lehnstuhl, in dem er sich die vielen

Leidensgeschichten angehört hatte. Sie schwebten durch den Raum und füllten ihn, als seien sie von Menschen hinterlassen worden. Er wandte sich zur Tür, löschte rasch das Licht und zog sie leise hinter sich zu.

Kapitel 2

Sie hörte das leise Vibrieren der Gläser im Schrank, es wurde lauter, dann plötzlich Stille. Draußen erstarb ein Motor, Männerstimmen, die mit rauher Stimme kurze Befehle riefen. Sie erlebte Männer, die sie von früher kannte, jetzt ganz

anders. Wie den Mann, der früher Lehrer war und lachte, jetzt aber ein böses Gesicht hatte, eine Uniform und eine Waffe, mit der er auf Menschen schoss. Sie hatte ihn gesehen, und er sie auch. Er würde sie holen, wenn er Lust dazu hatte konnte sie nicht verstehen, sie verstand nie diese Stimmen, auch nicht, was sie taten. Sie taten immer etwas, sie klangen böse und brachten den Tod. Mit schweren Stiefeln liefen sie durchs Dorf und drangen in die Häuser ein. Sie sah das fahle Dämmerlicht des Mondes, das einen schmalen Streifen in ihr Zimmer warf. Er tastete sich zum Bett vor, ergriff ihren linken Fuß, sie schrie und warf sich auf die andere Seite des Bettes. Sie erwartete, dass die Tür aufgestoßen würde und Männer in das Zimmer eindrangen. Aber nur das klagende Miau-

en einer Katze. Vor der Tür, oder war es im Flur? Der Flur war dunkel und eng, sie bekam dort immer Angst. Im Flur lauerte auch der Tod. Es war nur eine Frage der Zeit, bis sie hereinkamen, sie vom Bett wegzerrten, in einen Wagen werfen und irgendwo hinfahren würden. Dorthin, wo Männer warteten, um ihr weh zu tun.

Sie zog das Kissen nah an ihren Kopf, es war weich. Nur den Gegenständen konnte sie noch vertrauen, sie waren gleich. Aber die Menschen, die waren anders geworden.

Sie bekam kaum noch Luft, sie musste das Fenster aufmachen. Aber dann wüssten sie, dass sie da war. Sie musste sich still verhalten. So wie die vielen anderen Frauen, die jetzt still und voller Angst in ihren Betten lagen. In deren Träume immer wieder das Böse kam, die schwarzen Schatten, die alles zudeckten, was an Erinnerungen noch da war. Die fröhlichen Menschen mit ihren bunten Kleidern, die zur Musik der Blaskapelle tanzten. Die unschuldigen Gesichter der Kinder, die jetzt erwachsen waren. Die bunten Wiesen und Felder, über die noch kein Militärkonvoi gefahren war. Die alten Frauen, die im Sonnenlicht saßen und Gemüse putzten oder Kartoffeln schälten. Das alles hatten die Schatten zugedeckt.

Und sie hatten auch den Schlaf gestohlen und die Ruhe der Seele. Die Seele war dem Körper entflohen an einen sicheren Ort. Und der Körper hatte keine Kraft mehr, sich zu wehren. Alle Kraft war aus ihm gewichen, seit die Schatten da waren,

die die Männer mit den schweren Stiefeln hinterließen.

Sie hörte wieder die Männerstiefel, und die Stimmen. Und das Schlagen von Autotüren. Sie fuhren weg, aber sie würden wiederkommen, das wusste sie. Und sie zitterte, und die Gläser klirrten leise.

Sie wachte auf, und ihr Kopf hämmerte vor Schmerz. Schmerz. Sie kannte alle die Spielarten des Schmerzes, die seit dem Krieg ihren Körper und ihre Seele bewohnten. Und sie nach Lust und Laune peinigten, oft in der Nacht und am frühen Morgen. Wenn sie sich nicht wehren konnte und

empfänglich war. Sie tastete nach der Packung mit den Kopfschmerztabletten und riss die letzte heraus, um sie mit Wasser hinunterzuspülen. Der Kopfschmerz war ihr treuester Begleiter, aber sie kannte auch die anderen, für die sie keine Tabletten hatte. Die sie zum Weinen oder Schreien bringen konnten, wenn es zu schlimm wurde und sie allein war. Das Alleinsein war das Schlimmste hier in Deutschland. Sie musste weg, hier in Deutschland war sie zu allein und kannte nur wenige Menschen. Es gab nur eine Freundin, mit der sie ihren Schmerz teilen konnte, die auch den Krieg in Bosnien-Herzegowina erlebt hatte. Aber die hatte wenigstens ihre Familie dabei. Sie sei traumatisiert, hatte ihr dieser Arzt mit dem bleichen, ausdruckslosen Gesicht gesagt. Sie müsse in Behandlung und Tabletten nehmen. Aber das wollte sie nicht. Jemand, dem sie vertraute, hatte gesagt, dass die Tabletten ihre Seele noch weiter weg treiben würden. Das wenige Leben, das noch in ihr war, wollte sie behalten. Außerdem brauchte sie einen klaren Kopf hier in Deutschland, vieles war ihr fremd und neu.

Sie hatten ihr eine Kur für die Seele angeboten. Gespräche und Hilfe für ihre Zukunft hier. Sie hatte überlegt. Warum eigentlich nicht. Sie war nicht krank, aber sie brauchte Ideen, wie sie hier zurechtkam. Und da waren bestimmt Menschen, die ihr helfen konnten. Vielleicht sogar welche, die etwas Ähnliches erlebt hatten. Wenn sie ihr Tabletten gaben, konnte sie die heimlich ins Klo spülen, das taten andere auch.

Sie würde also morgen für drei Wochen in diese Klinik bei Frankfurt gehen. Aber nicht länger, auf keinen Fall. Danach würde sie zu ihrer Tochter reisen, die zur Zeit bei einer Freundin in Bosnien lebte. Sie fuhr sich durch ihr langes schwarzes zerzaustes Haar und stand auf, um zu duschen und zu frühstücken. Dann musste sie zum Ausländeramt, um sich dort einen neuen Visumstempel zu holen . Die mussten ihr auch noch die Kur bestätigen. Alles genehmigen. Sie war eine Frau, die von Fremden begutachtet und nur als Asylsuchende geduldet wurde, sich alles genehmigen lassen musste. Das waren die ersten Worte, die sie in Deutschland gelernt hatte: „Amt", „Genehmigung" und „Bescheinigung". Das war jetzt ihr Leben in Deutschland. Sie war eine Fremde. Sie hieß Safina, der Nachname tut nichts zur Sache, denn sie wollte ihr altes Leben hinter sich lassen und unerkannt bleiben.

Kapitel 3

An diesem grauen Februartag musste er zum ersten Mal in die Gruppentherapie. In einem nüchternen Raum, dessen Wände grauweiß gestrichen waren, saßen etwa zehn Menschen im Kreis, auf einfachen schwarzgepolsterten Stühlen, unter Deckenstrahlern, die ein warmes Licht im Raum verteilten. Es dauerte eine ganze Weile, bis der erste sprach, ein Mann von etwa 45 Jahren. Er war von seiner Frau verlassen worden, mit der Einsamkeit nicht fertig geworden und seit zwei Wochen in der Klinik. So ging es dann weiter, der Reihe nach. Es war eine Art Vorstellungsrunde, man traf sich ja zum ersten Mal. Als er drankam, stellte er sich als Robert vor, 51 Jahre, Psychiater, was ihm einige missbilligende und auch interessierte Blicke einbrachte. Er versuchte es kurz zu machen, Diagnose Burn-out, eigener Entschluss, eine Therapie zu machen. Er sagte auch, dass es ihm sichtlich schwerfiel, nun auf der anderen Seite als Patient zu sitzen, bisher war er immer in der Rolle des Facharztes. Das kam gut an, es gab nun freundlichere Gesichter, schließlich war er von seinem hohen Ross als Psychiater heruntergeklettert und hatte sich auf dieselbe Stufe wie die anderen begeben.

Nach der Gruppensitzung gab es noch ein Einzelgespräch mit seinem behandelnden Therapeuten, in dem der Therapieplan festgelegt wurde. Es wartete auf ihn ein ziemlich dichtes Programm für die nächsten Wochen, ein Mix aus Gesprächen und körperlichen Anwendungen wie auch sportlichen Aktivitäten. Er entschied sich dann noch für Kunsttherapie als zusätzliches Angebot. Er wollte diese Zeit auf jeden Fall für sich nutzen. Fraglich war für ihn auch, wie es nach dem Klinikaufenthalt weiterging. Auch das wolle er unbedingt klären, erwähnte er im Einzelgespräch, denn er wollte die halbjährige Praxispause einhalten. Der Therapeut, ein etwas ergrauter Psychologe mit Silberblick , der freundlich über seine Brillenränder zu ihm hinübersah, notierte alles in seinem Notizbuch. Ihm wurde nahegelegt, alle Kontakte, auch zu seiner Frau, für die erste Zeit auf das Nötigste zu beschränken.

Seine Frau. Das war auch noch ein Thema, das ihm auf der Seele lag. Meike und er waren jetzt 27 Jahre zusammen, davon 21 verheiratet. Kinderlos. Das war lange Jahre ein schwieriger Punkt gewesen. Meike war Lehrerin, und auf Grund ihrer beruflich angespannten Situation hatten sie den Kinderwunsch lange zurückgestellt. Irgendwann war es dann zu spät, sie hatten sich endgültig gegen Kinder entschieden. Das war schwer und mit einigen Tränen verbunden gewesen. Aber sie hatten gemeinsam getrauert, und das hatte sie einander näher gebracht. Zumindest eine Zeit lang, sie hatten in dieser Phase schöne Urlaube gemacht. Aber der Alltag und die Eheroutine zu zweit hatten sie wieder eingeholt, und die Entfremdungen waren in den letzten Jahren spürbarer geworden. Meike hatte es immer wieder angemahnt, darüber zu reden, etwas zu ändern, vielleicht eine Beratung zu machen. Er hatte sich dem entzogen, war immer mehr in die Arbeit geflüchtet und immer später nach Hause gekommen. Das hatte sie ihm übel genommen, sich immer mehr in ihr Zimmer zurückgezogen oder war einfach weggegangen. Ihre Gefühle waren abgekühlt, die Gemeinsamkeiten auf ein notwendiges Minimum reduziert, oft am Wochenende. Dann redeten sie eine Weile, aber beide spürten, dass etwas Wichtiges fehlte und manchmal sogar eine Kälte zwischen ihnen Platz ergriff, die ihn erschreckte und irgendwann die Frage aufwarf, wie es denn nun weitergehen solle. Darauf fanden beide keine Antwort und hüllten sich erst einmal in Schweigen, was die gemeinsame Zukunft betraf. Er hatte ihr vor dem Abschied in die Kur gesagt, dass er dieses

Thema für sich bearbeiten wolle. Das sagte er nun auch seinem Therapeuten, der es sogleich notierte.

Beim Mittagessen im großen Speisesaal saß er mit einigen aus seiner Gruppe am Tisch. Es gab Zucchinicremesuppe als Vorspeise, dann Kartoffelbrei mit Frikadellen und Möhrengemüse, eins seiner Lieblingsgerichte. Er ließ es sich schmecken, versuchte langsam zu essen und nicht das Essen in sich hineinzuschlingen, was Meike ihm oft vorgehalten hatte. Es herrschte ein dichtes Schweigen, das keiner zu durchbrechen wagte. Alle waren offenbar mit ihrem Innenleben beschäftigt und dem, was sie am Vormittag gehört oder erzählt hatten. Einige weißgekleidete Bedienstete gingen fast lautlos durch den Raum und trugen Speisen auf. Die Teppiche, die überall lagen, dämpften die Geräusche in der Klinik , so dass alles recht leise ablief. Hier war er auf sich zurückgeworfen, dachte er, das war aber nach den letzten Jahren auch gut so. Sein Bedürfnis nach Kontakten oder Gesprächen war sehr begrenzt, er genoss das schweigende Mahl an seinem Tisch. Er blickte zum Nebentisch, und sofort fiel ihm eine schmächtige Frau auf, die mit blassem Gesicht und zum Pferdeschwanz gebundenem schwarzen Haar langsam ihre Suppe löffelte. Ihr Blick ging nach unten, aber er konnte ihre Augen sehen. Schöne, dunkle Augen, die zu ihrem feingeschnittenen Gesicht passten und ihr eine besondere Ausstrahlung verliehen. Er spürte, wie sich etwas in ihm bewegte, es fiel ihm schwer, seinen Blick wieder von ihr zu nehmen, bevor sie bemerkte, dass er sie anstarrte. Ein leichtes Schamgefühl befiel ihn, dass er sich schon nach so kurzem Aufenthalt von einer Frau ablenken ließ. Er würde diese Frau kennenlernen , das wusste er in diesem Moment, und es war eine Intuition, die Befremden in ihm hervorrief.

In diesem merkwürdigen Bewusstseinszustand suchte er sein Zimmer auf, um Mittagsschlaf zu halten.

Sie hatte seinen Blick beim Mittagessen aufgefangen, sie hatte sich angewöhnt, alles zu registrieren, was sich in ihrem Umfeld bewegte. Es war wie eine instinktive Gefahrenabwehr und betraf besonders Männer in ihrer Nähe. Männer waren in ihr Leben eingedrungen und hatten dort Verwüstungen angerichtet, nur deshalb hielt sie sich in dieser Klinik auf. Meist flüchtete sie nach den Therapiesitzungen und dem Essen im Speisesaal auf ihr Zimmer. Dort legte sie sich auf ihr Bett und schloss die Augen, um in eine Phantasiewelt einzutauchen, die sie entspannte und sie manchmal mit schönen Erinnerungen aus der Kindheit verband. Vor allem aber mit Musik, der Kraft, die ihr Leben bewegte und sie vielleicht am Leben hielt. Sie war Musikerin, hatte längere Zeit nach dem Studium als Geigerin in einem Orchester in Sarajevo gespielt und damit ihren Lebensunterhalt verdient. Nach ihren schlimmen Erfahrungen im Krieg war sie dazu nicht mehr in der Lage, sie hatte die Stelle aufgeben müssen und war nur noch als Gelegenheitsmusikerin aktiv. Zur Zeit machte sie auch ab und zu Straßenmusik, mit einer kleinen Gruppe von Balkanmusikern, da passte sie mit der Geige gut rein. Sie konnte, wenn sie abschaltete, innerlich Musik hören, viele Melodien waren in ihrem Inneren gespeichert, die sie abrufen konnte, ohne viel Mühe. Diese Fähigkeit empfand sie als großes Geschenk. Ab und zu setzte sie einen MP3-Player auf, um besondere Musik wie Jazz oder auch Weltmusik in sich aufzunehmen. Nach einiger Zeit riss dann die Wolkendecke aus trüben Gedanken auf, und die geheimnisvolle Wirkung der Musik begann wie eine Medizin zu wirken. Deshalb glaubte sie auch nicht daran, dass ihr Medikamente wirklich helfen würden, die ihr immer wieder verschrieben wurden. Damit handelte sie sich häufig mahnende Blicke und Unverständnis ein. Sie hasste es, sich als Objekt eines dieser Psychiater zu fühlen, die ihr gegenübersaßen und alles aufschrieben, was sie sagte. Im letzten Einzelgespräch hatte sie noch einmal klar gesagt, dass sie eine Traumatherapie ablehne und auch kein aufwendiges Gutachten wolle, obwohl sie wusste, dass ihr das bei ihrem Asylantrag auf unbegrenzten Aufenthalt helfen konnte. Sie konnte sich nicht vorstellen, diese ganzen Fragen, die sie stellen würden, um an ihre Erlebnisse zu kommen, zu beantworten und diese Prozedur mehrere Tage lang mitzumachen. Sie würden ihre

Seele mit all den Bildern schlimmer Erfahrungen durchwühlen und durchpflügen und sie sezieren mit ihren scharfen Messern an Fragetechniken, denen sie irgendwann nicht mehr standhalten würde. Sie hatte eine Freundin, die das mitgemacht hatte. Nein, für sie kam diese Tortur nicht in Frage. Sie musste es auf andere Weise schaffen. Wie? Das wusste sie auch noch nicht, aber sie hoffte, hier Menschen zu treffen, die ihr einen Weg zeigen konnten. Die Musik würde ihr auf jeden Fall beistehen. Sie nahm ihre Geige aus dem Kasten und spielte ihr bosnisches Lieblingslied, und Tränen liefen über ihr zartes Gesicht.

Die kleine Kapelle spielte das Lied im Sonnenlicht auf dem Dorfplatz, bei der Hochzeit, und alle tanzten, und auch Safina tanzte und drehte sich immer wieder um sich selbst.

Kapitel 4

Er hatte es sich in der Sitzecke neben dem Speisesaal gemütlich gemacht, es war Samstag, das Frühstück gerade vorbei und der Tag lag weitgehend terminfrei vor ihm. Das besserte seine Laune, denn die Woche war sehr anstrengend, und es gab einiges zu verdauen. Insgesamt aber hatte sie ihn in der Richtigkeit seines Beschlusses bestärkt, sein Seelenleben einer dringend notwendigen

Prüfung zu unterziehen. Das betraf natürlich auch die Ausübung seines Berufes und die Frage der Tauglichkeit, an der ihn immer mehr Zweifel befallen hatte. Es war gut, dass er nun hier Menschen gefunden hatte, die ihm weiterhalfen und Rückmeldungen gaben, was mit ihm los war. Er faltete die Zeitung auseinander, die er im Ständer gefunden hatte, seine Lieblingszeitung, die „Frankfurter Rundschau".

Sie stand am Kaffeeautomaten, und er nahm wahr, wie sie versuchte, ihn in Gang zu setzen. Das schien nicht zu gelingen, und so nahm er die Gelegenheit wahr. „Kann ich helfen?" Sie sah ihn mit dem Blick eines Menschen an, der sich bei etwas Wichtigem gestört fühlt. „Nein danke, das schaffe ich schon". Sie drückte wiederum vergeblich auf den Knopf mit der Aufschrift „Kaffee weiß". Sie lächelte schwach zu ihm hin, als ob sie sich für ihre abweisende Bemerkung entschuldigen wollte. „Vielleicht können sie mir doch helfen, ich bin technisch ziemlich schlecht." Er lächelte zurück. „Ich vermute, sie haben ein Eurostück hineingeworfen, der wechselt aber leider keine Münzen, ich gebe ihnen ein 50-Cent-Stück, damit müsste es gehen." Er zog eine Münze aus seiner Hosentasche und reichte sie ihr. Sie warf sie in den Automaten, der folgsam surrte und sein Werk verrichtete. Sie nahm den gefüllten Plastikbecher und bedankte sich bei ihm. Einen Moment standen sie sich unschlüssig gegenüber, sie machte Anstalten zu gehen. „Ich sitze da drüben, wollen sie sich nicht dazusetzen?". Er zeigte zu seinem leeren Stuhl, über dem die Zeitung weit ausgebreitet lag. Sie zögerte, hatte eigentlich wenig Lust, mit diesem Mann zu reden, der sie beim Essen schon mehrfach so seltsam angestarrt hatte. Da sie aber ein höflicher Mensch war, nahm sie seine Einladung an und nahm den freien Platz neben ihm ein. In kleinen Schlucken trank sie ihren heißen Kaffee, während er nach einem Gesprächsauftakt suchte. Bloß nicht zu viele Fragen stellen, nahm er sich vor, das mag sie bestimmt nicht. Sie wirkte zart und zerbrechlich, noch mehr als in den Tagen zuvor, und saß etwas zusammengesunken im Sessel. Auch sie hatte wahrscheinlich eine anstrengende Woche hinter sich. „Sind sie auch in dieser Woche hier angekommen? Wie geht es Ihnen hier?" Sie reagierte zunächst nicht, strich sich über ihr lockiges schwarzes Haar. Ihre faszinierend braunen Augen trafen seine mit einer Unmittelbarkeit, die ihn irritierte und gleichzeitig ein warmes Gefühl in ihm auslöste. Nach einer Weile, in der ihre Augen nach einer Antwort auf die Frage suchten, was er wohl von ihr wolle, antwortete sie: „Sie fragen wohl gerne Menschen. Ich nehme an, das hat mit ihrem Beruf zu tun. Sind sie auch so ein Mensch, der sich um andere kümmert?" Er spürte, wie er leicht errötete und sich ertappt fühlte. Woher konnte sie wissen oder ahnen, dass er in einem helfenden Beruf arbeitete? War es ihre Intuition, oder hatte sie jemanden aus seiner

Gruppe gefragt, was er beruflich machte? Dann war er ihr mindestens schon aufgefallen, und sie wusste, dass er Psychiater war. Also war es das Beste, in die Offensive zu gehen. „Tja, da sind sie schon nahe dran, ich bin als Psychologe tätig und arbeite mit Menschen." Er musste ihr ja nicht gleich auf die Nase binden, dass er Psychiater war. Leider gab es da häufig Reaktionen, die zu einem gewissen Abstand führten, denn in seiner Zunft arbeiteten nun mal Leute, die nicht gerade zimperlich mit Menschen umgingen. Dazu kam die fragwürdige Tradition

der Psychiatrie in der deutschen Vergangenheit. Manche dachten bei dem Wort immer noch an Wegsperren, Elektroschocks oder Ruhigstellen mit Tabletten. Aber die Frau neben ihm sah nicht so aus, als sei sie Deutsche, eher schätzte er sie als Südländerin oder vielleicht auch Türkin ein. Er wagte nicht, sie danach zu fragen und wartete auf ihre Reaktion. Wieder schwieg sie eine ganze Weile. Sie war sehr mit sich beschäftigt, nahm er an, und überlegte, ob sie sich wohl auf ein Gespräch mit ihm einlassen solle. Er versuchte, sich auf ihren Gesprächsrhythmus einzustellen, um ihr Raum für ihre Entscheidung zu lassen, was sie mit ihm anfangen wolle. Wieder sah sie aus ihrem versunkenen Schweigen auf und zog ihn mit ihren magischen Augen in ihren Bann. Dieser Moment des Blickes und der Verzögerung ihrer Antwort verlieh ihren Worten, die folgten, ein besonderes Gewicht. „Glauben sie, dass Psychologie Menschen wirklich hilft? Mir hat sie bisher wenig gebracht, außer einer Reihe von Diagnosen oder Therapievorschlägen. Aber die befolge ich besser nicht, vor allem nehme ich keine Medikamente." Pause. Jetzt hatte sie Position bezogen und ihm sozusagen in die Hände gespielt, seine Profession entweder zu verteidigen oder ihr zu erklären, was er von der Klinik und ihrem Angebot hielt. Die letzte Bemerkung über Medikamente überging er erst mal und entschied sich für eine persönliche Antwort. „In meinem Beruf und auch jetzt hier als Patient erlebe ich oft, dass Wohl und Wehe der Therapie nahe beieinander liegen. Es gibt Erfahrungen, dass sich innere Knoten lösen, man das Gefühl hat, von einer Last befreit zu werden. In erster Linie dadurch, dass jemand verständnisvoll zuhört oder die richtigen Fragen stellt . Aber es gibt natürlich auch das Gegenteil davon." Das waren kluge Lehrsätze, und er sah an ihrem Blick, dass das wohl auch so bei ihr ankam, aber nicht ihr Misstrauen verringerte. „Tja, wenn sie das glauben, dann wird ihnen das hier wohl helfen. Aber wenn ich mir die Menschen so ansehe, sehen sie nicht gerade befreit aus, auch die nicht, die schon länger da sind. Und in meiner Gesprächsgruppe erzählen die Leute zwar von ihren Problemen, aber den Therapeuten fällt außer Zuhören auch nicht viel dazu ein. Die schreiben sich das auf, und das war´s dann erst mal. Ich würde da nichts erzählen und mich bloßstellen. Ich fühle mich hier befreit, wenn ich allein auf meinem Zimmer bin und mich der Musik widme, der großen Freundin meines Lebens." Damit hatte sie sich auch geoutet, er nahm an, dass sie beruflich mit Musik zu tun hatte, vielleicht als Lehrerin, aber auch hier fragte er nicht so genau nach, sondern griff ihre letzte Äußerung auf . „Sie lieben Musik"? Sie setzte sich auf, als sei ein kleiner Stromstoß durch ihren Körper gegangen, nachdem sie ihren letzten Schluck Kaffee getrunken hatte. Schwungvoll drehte sie ihren Körper zu ihm herum, ihre Hände machten Bewegungen, als ergreife das Thema Musik von ihr ganz Besitz. „Tja, was glauben sie, was Musik mit Menschen macht? Sie glauben an die Wirkung der Psychologie, und ich vertraue ganz der Musik und lasse sie tief in mich hinein. Bei Psychologen bin ich dagegen vorsichtig, die dringen auch in einen ein, mit ihren Worten und neugierigen Fragen. Und verdienen ganz schön viel Geld damit. Sie bestimmt auch, haben ein schönes Haus oder auch ein großes Auto für ihre Familie." Sie blickte auf seine Hand, natürlich hatte sie seinen Ehering gesehen. „Oder etwa nicht?"

Sie ließ wirklich wenig Spielraum für Antworten, ihre Worte hatten etwas Unbedingtes, als spreche die Wahrheit aus ihr. Und sie hatte mit dem, was sie sagte, durchaus recht. Sowohl seinen Beruf als auch seine privaten Verhältnisse hatte sie auf Anhieb erraten. Er fragte sich allerdings, woher das Misstrauen und die Ablehnung gegen Psychologie herrührten und was sie dann in der Klinik suchte. Irgendwas oder irgend jemand musste sie dazu gebracht haben, hierher zu kommen, um eine Auflage oder Bedingung zu erfüllen, die notwendig war, vielleicht um Arbeit zu bekommen. Aber überzeugt hatte sie das alles nicht, das war offensichtlich. Er spürte das Verlangen, nach ihrer Herkunft oder Geschichte zu fragen, aber etwas in seinem Inneren warnte ihn, und so verkniff er sich die Frage. Vielleicht zu einem späteren Zeitpunkt, wenn sie etwas vertrauter waren. So beließ er es dabei und fragte etwas unverfänglich, was sie denn in der ersten Klinikwoche so gemacht habe und was ihr hier am besten gefalle. Sie antwortete ohne zu zögern: „Die Zimmer und draußen der Park, da gehe ich jeden Tag spazieren. Die Pausen sind das Beste hier, da kann man sich schön ausruhen. Aber ich döse auch in den Therapiegesprächen vor mich hin, die Stühle sind schön bequem." Sie war ehrlich und direkt, nahm anscheinend kein Blatt vor den Mund, wenn es um ihre Wahrnehmung und Interessen ging. Das bestätigten auch ihre nächsten Sätze. „Die meisten hier machen sich doch was vor. Sie unterziehen sich irgendwelchen Behandlungen. Sie glauben, dass sich die behandelnden Ärzte und Therapeuten ernsthaft für sie interessieren. Bei den vielen Patienten geht das gar nicht. Dein Leben musst du schon selber in die Hand nehmen, etwas tun, was Sinn macht und dich ausfüllt."

Wieder so ein Satz, der in Stein gemeißelt schien. Natürlich, sein Leben in die Hand nehmen. Das hatte sie, die Namenlose, die da vor ihm saß und ihn mit ihrer Ausstrahlung und Direktheit immer mehr verzauberte, wohl auch versucht. Aber es war ihr nicht gelungen, sonst wäre sie nicht hier. Auch die Musik hatte sie nicht so ausfüllen können, dass ihre Seele von dem Leid verschont blieb, das sich in ihren Gesichtszügen spiegelte und einen Schmerz ausdrückte, den er in vielen Gesichtern seiner Patienten gelesen hatte. „Ja, da haben sie recht," hörte er sich sagen, weil ihm nicht mehr dazu einfiel, und er spürte, dass er ihr im Moment wenig entgegenzusetzen hatte. Sie schien das zu merken, erhob sich, schaute ihn etwas merkwürdig an, als könne er aus ihrem Blick alles herauslesen, und verabschiedete sich mit der Ankündigung, einen Spaziergang machen zu wollen, nicht ohne sich für das Gespräch zu bedanken, was ihn rührte, denn es schien ihm nicht so geglückt zu sein von seiner Seite. „Bis dann. Man sieht sich." Eine Floskel, die ganz und gar nicht dem entsprach, was er empfand, als sie sich von ihm entfernte.

Als er zum Essen ging, spürte er wieder das Verlangen, sie anzuschauen, vermied aber ausnahmsweise jeden Blickkontakt. Sie hatte mit ihrer Anwesenheit am Morgen sein Inneres besetzt und tauchte immer wieder vor seinem geistigen Auge auf.

Er wunderte sich darüber, welche Wirkung sie auf ihn hatte. In mehrfacher Hinsicht wunderte er sich über sie. Zum Beispiel darüber, wie gut sie Deutsch sprach und sich wohl auch mit dem Thema Psychologie beschäftigt hatte. Wer war diese Frau? Er wollte sie kennenlernen und herausfinden, welche geheimnisvolle Geschichte sich in ihr verbarg und was sie sorgsam schützte. Doch war ihm klar, dass er dabei sehr behutsam sein musste.

Kapitel 5

Ihre Mutter stand an dem großen Herd, unter dem das Feuer loderte, und rührte mit einem großen Holzlöffel in einem Topf, an dessen Außenseite Spuren von geronnener Milch klebten. Es roch nach Fisch und Gemüse, Mutter kochte Fischsuppe, wie so oft. Das reichte dann für mehrere Tage. Die Familie musste sparen, vier Kinder waren zu ernähren. Radovan, der Vater, arbeitete in einer Holzfabrik in der Nähe und verdiente gerade soviel, dass es zum Leben reichte. Serba, die Mutter von Safina und vier anderen Geschwistern, verdiente durch den Verkauf von Gemüse, das sie im Garten zog, und Eiern von zehn eigenen Hühnern noch etwas Geld dazu.

Safina schnüffelte und atmete den Duft aus dem Topf ein. „Mama, darf ich probieren?" Ihre Mutter blickte sich um, reichte ihr mit einem kleinen Löffel etwas von der

Suppe. „Hm, lecker, wann essen wir?" „Das dauert noch. Geh´noch spielen": Ihre Mutter mochte es nicht, wenn die Kinder beim Kochen um sie herumstanden. Der Ton ihrer Stimme war dann ein Warnzeichen, rechtzeitig den Raum zu verlassen, bevor sie richtig ärgerlich wurde. Serba war nervlich angeschlagen durch die schwierige Pflege ihrer Mutter, die jahrelang im Haus gelebt hatte und vor kurzem verstorben war. Sie fühlte sich mit der Aufgabe der Kinderversorgung oft überfordert und schickte die Kinder deshalb häufig auf den Hof, um Ruhe im Haus zu haben.

Widerspruchslos ging die zehnjährige Safina nach draußen und blinzelte in die Frühlingssonne. Wieder atmete sie tief durch, den frischen Duft, der von den blumenreichen Wiesen kam, liebte sie. Das kleine Dorf mit den etwa 15 Häusern, die am Hang des Hügels lagen, der nach Osten hin sanft anstieg, war von Feldern umgeben. Auf einigen standen Kühe und ein paar Ziegen, es gab noch drei Bauern im Dorf, früher waren es mal die Hälfte der Dorfbewohner, die von Landwirtschaft lebten. Jetzt arbeiteten die meisten in der kleinen Stadt in der Nähe in Fabriken oder Geschäften, um leben zu können. Morgens um sechs hörte Safina die kleinen knatternden Autos, die sich langsam die Straße hochquälten, um die Menschen zur Arbeit zu bringen.

Safina ging wie immer auf ihre Wiese und sprang und tanzte mit weit ausgebreiteten Armen auf ihr herum, zwischen Blumen und kleinen Büschen. Dabei sang sie ihr bosnisches Kinderlied, „Kleiner Drache flieg". Das hatte sie in der Schule gelernt, ihre Lehrerin liebte es. Safina spürte, wie die Musik und die Lieder ihr Herz weiteten und ihren kleinen Körper in Bewegung brachten. Schon früh hatte sie mit dem Singen und Tanzen angefangen, inzwischen versuchte sie sich auch am Geigespielen. Sie hatte eine Frau gefunden, die ihr kostenlos Unterricht gab und ihr auch eine Geige zum Üben lieh, weil sie Safinas Talent entdeckt hatte. Die Eltern konnten den Unterricht nicht bezahlen und waren auch nicht gerade begeistert, wenn Safina zuhause übte und mehr auf der Geige kratzte als strich. „Safina, bitte, etwas leiser, oder geh´nach draußen", ließ sich dann Serbas mahnende Stimme vernehmen. Safina wurde dann traurig, denn sie wollte mit Musik Freude machen. So wie die Menschen, die in der Dorfkapelle bei Feiern und Hochzeiten spielten, wollte sie auch mal in einer Kapelle oder einem Orchester spielen, um andere Menschen froh zu machen. Das Leben zuhause war oft traurig und ernst, auch als ihre Großmutter im Sterben lag. Aber Safinas Wunsch, mit ihrem Singen und Geigespielen

etwas bessere Stimmung ins Haus zu bringen, ging noch nicht in Erfüllung. Sie dachte, das könne nur daran liegen, dass sie nicht gut genug war, also nahm sie sich vor, viel zu üben und zu singen, um eine gute Musikerin zu werden. Oft ging sie auch ins kleine Dorfhaus, wenn dort vor Festen eine kleine Kapelle übte, die aus Männern des Dorfes bestand, setzte sich an die Wand auf den Boden. Dabei legte sie ihren Kopf auf die Knie und hörte einfach nur still zu. Ihr Körper wiegte sich zum Takt der Musik. Sie empfand die Töne wie ein Netz von Perlen, die durch ihren Körper schwebten . Dann fiel die Schwere von ihr ab, die sie oft aus ihrem kleinen Haus mitbrachte, in dem sie lebte, aber nicht richtig froh sein konnte. Oft trat sie ihre kleinen Fluchten an, war dann stundenlang unterwegs, verlor sich auf ihren Spaziergängen auf den Hügeln rings um das Dorf. Zuhause gab es dann Ärger. „Safina, wo warst du schon wieder so lange?" Manchmal hasste sie die kehlige, anklagende Stimme ihrer Mutter Serba. Sie zog sich dann schnell in das kleine Zimmer zurück, wo sie mit ihren drei kleineren Schwestern lebte, auf die sie oft aufpassen musste, wenn ihre Mutter nicht konnte. Dazu hatte sie meist keine Lust, und sie befahl ihnen, sich ruhig zu verhalten, bis sie von ihrem Spaziergang wieder zurück war.

Jetzt stand sie wie so oft auf der Wiese im Sonnenlicht und überlegte, ob sie wieder ins Haus gehen sollte, um den Tisch für das Mittagessen zu decken. Das war ihre Aufgabe, und wenn sie sich zu sehr verspätete, wurde Mutter ärgerlich. Sie beschloss, vorher noch einen Anlauf zu nehmen, um über den niedrigen Holzzaun zu springen, *der das Gelände um das Haus von der Weide mit den Kühen trennte. Das tat sie oft, und sie nahm ihre ganze Kraft für diesen Sprung über den Zaun zusammen. Diesen Sprung machte sie immer, wenn es ihr mal wieder zu eng wurde, wenn ihre Pflichten als älteste Tochter oder die Schule sie nervten. Dieser Sprung gab ihr Mut und das Gefühl von Freiheit. Sie hatte es dann geschafft, über ein Hindernis zu springen, das sich ihr in den Weg stellte. Diesen Sprung wiederholte sie so oft wie möglich, es wurde mit der Zeit ein Teil von ihr, und sie übte es mit derselben Hingabe und Energie wie das Singen und Geigespielen. Aber sie hütete es auch als ihr Geheimnis und achtete darauf, dass ihr niemand dabei zusah und sie danach fragte, warum sie das tat. Safina lernte, ihre Geheimnisse und kleinen Leidenschaften sorgsam vor anderen zu verbergen, so wie andere Menschen das auch taten, wenn sie sich heimlich liebten oder betranken, was Safina nicht verborgen blieb. Sie wusste viel über das Leben im Dorf, aber sprach nicht darüber. Nachdem sie ihren Rock zusammengerafft und mit einem kleinen Schrei über den Zaun geflogen war, kehrte sie ins Haus zurück.*

Sie erwachte und fühlte die Tränen in ihren Augenhöhlen. Die Träume aus ihrer Kindheit kamen in letzter Zeit immer öfter. Ihre Kindheit holte sie wieder ein, und die Träume brachten ihr etwas von diesem Leben der kleinen Safina zurück, das in ihrer Seele schlummerte. Sie zog die Kopfhörer ihres MP3-Players über beide Ohren, um bei Musik wieder einzuschlafen.

Kapitel 6

Sie hatte ihn gebeten, mit ihr einen Spaziergang in den Park zu unternehmen. Er hatte überrascht zugestimmt. Beide kamen aus ihren Einzelgesprächen vom Vormittag und hatten noch Zeit bis zum Mittagessen. Der Himmel war auch an diesem Februarmorgen grau und wolkenverhangen, ein paar einzelne Schneeflocken bewegten sich träge Richtung Boden. Es war kalt, und Safina hatte den grünen dicken Schal um ihren Hals geschlungen, ihr Kopf war fast ganz bedeckt von einer Wollmütze, nur Nasenspitze und Augen lugten hervor.

Safina lief schnell, er kam kaum nach. Sie war offensichtlich wütend, das hatte er ihr schon auf dem Klinikflur angesehen, denn ihr Mund war zusammengepresst und ihre Fäuste geballt. Er hatte in seinem Beruf gelernt , auf Körpersprache zu achten. Er wartete und fragte nicht nach dem Grund. Dass sie das nicht mochte, wusste er inzwischen. Sie hatten sich immer mal getroffen, meist in der Cafeteria, und pflegten einen Austausch über das, was sie am Tag erlebt hatten. Die anfängliche Scheu ihm gegenüber schien Safina abgelegt zu haben, manchmal erzählte sie ihm recht unbefangen aus ihrer Einzeltherapie. Dabei kicherte sie und schien sich sehr zu amüsieren, sein Eindruck, dass sie alles in der Klinik nicht sonderlich ernst nahm, bestätigte sich. Trotzdem hörte sie ihm mit einer gespannten Aufmerksamkeit zu, wenn er von sich erzählte. Heute aber war sie anders, etwas war passiert, und das musste unmittelbar vor ihrem Treffen gewesen sein. „Mein Arzt hat mir gesagt, dass sie meine Therapie nicht verlängern wollen und ich Ende der Woche hier raus muss. Ich würde die Behandlung nicht ernst nehmen, und es gäbe viele, die auf einen Platz hier warteten." Sie kickte mit dem rechten Fuß einen Stein weg. Dann blieb sie stehen und sah ihn unvermittelt an. „Aber sie sagen mir nicht, wie es mit mir weitergehen soll. Dann fing er wieder an mit dieser blöden Traumatherapie. Die soll ich machen, damit sie mir eine Diagnose verpassen können. Dann bin ich krank, bekomme einen Stempel in meine Papiere. Und dann? Glaubst du, dass ich dann noch eine Chance habe, normal zu leben und Arbeit zu finden? Die halten mich doch dann alle für nicht mehr ganz dicht. Und ich muss ständig zum Arzt laufen oder über mich reden, und alles Schlimme kommt wieder hoch." Sie blickte starr an ihm vorbei, als suche sie etwas. Dann sah sie ihn wieder an. „Und was sagt unser Psychologe dazu?"

Sie hatte ihn nach ihrer dritten Begegnung ungefragt geduzt, er ließ sich das gerne gefallen und fand, dass es seinem Gefühl der Vertrautheit entsprach, das er von Anfang an empfunden hatte. Er suchte nach einer Antwort, die nicht zu professionell war, er wollte ihr gegenüber nicht ein Vokabular benutzen, wie es in der Klinik üblich war . „Die Frage ist wirklich, was du machst, wenn du hier rauskommst. Ich nehme an, du kehrst wieder in deine Wohnung zurück. Und dann? Wie lebst du damit, wenn dich immer wieder deine Träume überfallen? Wenn du es tagsüber verdrängst, holt es dich nachts ein. Oder es erwischt dich in einem total ungünstigen Moment." Er machte eine Pause, um ihr nicht zu viel zuzumuten. Sie fragte erschrocken: „Wie meinst du das, ungünstiger Moment?" Er überlegte, wie er ihr das erklären konnte. „Weißt du, in meine Praxis kamen Menschen, die mir erzählt haben, wie sie beim Einkaufen oder beim Autofahren von Angst und Panikattacken überfallen wurden. Mit Herzrasen, Schwindel und Luftnot. Das ist nicht nur unangenehm, sondern gefährlich. Vor allem beim Autofahren." „Und was hast du gemacht?" Er spürte, wie ihm kalt wurde, die Erinnerung an sein Berufsleben ließ ihn frösteln und verstärkte die Kälte des Tages. „Komm, lass uns reingehen, dann erzähle ich dir mehr, wenn du willst. " Sie gingen wieder ins Haus, suchten ihre Stammplätze in der Cafeteria auf und zogen sich beide einen Milchkaffee. Dann nahmen sie den Gesprächsfaden wieder auf. „Was habe ich mit denen gemacht, hast du gefragt. Ja, ich habe ihnen eine

Psychotherapie empfohlen und ihnen etwas zur Beruhigung gegen die Ängste verschrieben. Und sie haben mir beim nächsten Besuch gesagt, dass es damit etwas besser geht. Durch eine Verhaltenstherapie oder auch eine Traumatherapie ist es möglich, dass die Ängste und Panikattacken, auch die schlimmen Träume, irgendwann aufhören. Kannst du nachlesen, steht in vielen Büchern. Das ist meine auch Erfahrung. Aber ob es bei dir funktioniert, weiß ich nicht." Er sah sie an, und ihm wurde warm ums Herz, denn wie gerne hätte er dieser Frau neben sich geholfen, die oft so traurig wirkte, aber genau das zog ihn ja an. Und ihre Wut war ja nur die Kehrseite der Medaille. Sie musste Schlimmes in diesem Krieg auf dem Balkan erlebt haben, soviel hatte sie angedeutet, mehr wusste er nicht.

Safina war wieder in ihre Nachdenklichkeit versunken. Dann stellte sie ihre nächste Frage: „ Was sind das für Menschen, die zu dir gekommen sind? Was hat sie krank gemacht?"

„Es sind Menschen wie du und ich, die oft ein ganz normales Leben geführt haben, in Familien aufgewachsen sind oder auch in Familien leben. Und dann ist etwas passiert, was sie aus der Bahn geworfen hat. Manchmal über Jahre und Jahrzehnte. Sie haben das Leiden versucht auszuhalten, aber irgendwann macht die Seele nicht mehr mit und schreit um Hilfe. SOS, weißt du?"

Safina nickte. „Ja, ich weiß, was du meinst. Aus der Bahn geworfen. Das bin ich auch. Aber ich habe es zumindest bis jetzt geschafft, weiterzuleben. Ohne Therapie und all das Zeug, was die Ärzte und Apotheken einem verschreiben. Aber erzähl weiter von deinen Patienten. Ich will es hören." Sie saß mit der wachen und gespannten Aufmerksamkeit da, als ob sie ein neues Musikstück hörte. „Gut, wie du willst. Viele von diesen Menschen, die zu mir gekommen sind, wollten einfach, dass ihre Probleme verschwinden, sich auflösen und sie wieder normal leben können. Nur vergessen die meisten, dass sie selbst etwas tun müssen, um herauszufinden, was schief gelaufen ist und sie krank gemacht hat. Warum sie so lange das Leiden ausgehalten und nichts geändert haben. In einer Familie krank geworden sind, wo sie eine Rolle spielen müssen, die überhaupt nicht zu ihnen passt. Oder im Beruf sich täglich wegducken und Angst vor dem Chef und Kollegen haben." Vor seinem inneren Auge sah er einige seiner Patienten aus den letzten Jahren, besonders krasse Fälle, Frauen, die von ihren Männern verprügelt wurden, Männer, die unter extremen Bedingungen ihrer Arbeit nachgegangen waren. Bis zum Zusammenbruch. Burn-Out. Höchststrafe für einen Mann, wenn er dafür das Wort Depression als eigentliche Krankheitsdiagnose einsetzte. Er sah die vielen Menschen in seinem Wartezimmer, die dort gebückt saßen und warteten, bis sie hereingerufen wurden. Deren Gesichter die Qual und Pein spiegelte, der sie ausgesetzt waren und sie in seine Praxis trieb. Safina schien seine Gedanken zu erraten. „Und du behandelst sie dann und gibst ihnen etwas, damit sie in ihren kranken Familien und Firmen wieder funktionieren. Stimmt`s? Aber sie bleiben unfrei und spielen ihre Rollen weiter. Und sind unglücklich dabei." Er spürte einen kleinen Stich in seinem Inneren. Sie berührte gnadenlos den wunden Punkt. Ja, er half mehr oder weniger Menschen, dass sie in einem kranken Familien - oder Arbeitssystem wieder ihren Platz einnahmen. Sie wollten es ja nicht anders. Nur wenige stiegen aus, um ihrem Leben eine andere Richtung zu geben. Was sollte er also machen? Er war Teil diese Systems und musste behandeln.

Safina setzte nach: „ Warum befreit sich ein unfreier und trauriger Mensch nicht selber und geht irgendwohin, um ein anderes Leben zu führen? Statt zum Arzt zu gehen und sich wieder in einen Käfig einsperren zu lassen?" Sie blickte ihn an, und ihr Gesicht spiegelte in diesem Moment nicht nur ihre Schönheit, sondern auch Stolz. „Ich bin schon als kleines Mädchen oft meine eigenen Wege gegangen. Und ich werde es wieder tun, sobald ich die Kraft dazu habe. Ich werde mir ein Leben aufbauen, in dem ich das tue, was mir gefällt und gut für mich ist. Wenn sie mich hier oder woanders für krank erklären, dann nehmen sie mir die Freiheit und bestimmen über mich. Das ist aber das Schlimmste, was mir passieren kann. Deshalb gehe ich nächste Woche hier weg und komme nicht wieder." Ein Schlussakkord, der keine Ergänzung duldete.

Er erwiderte trotzdem: „Es ist gut, wenn du das schaffst, und ich wünsche dir dafür alles Gute. Aber es gibt eben viele, die es nicht schaffen und an der Hürde stehenbleiben. Die Angst haben vor dem Schritt oder Sprung, der sie vielleicht aus ihrem Gefängnis befreien könnte. Davon triffst du auch hier eine ganze Menge." Er hielt einen Moment inne. „Ich weiß auch nicht, ob ich das schaffe, über mein Leben, das ich bisher geführt habe, hinauszukommen. Es ist so schwer, etwas zu verändern. Das kostet soviel." Safina sah ihn mit einem Lächeln an, in dem Zärtlichkeit lag. „Ja, aber wenn du es geschafft hast, bist du frei und kannst fliegen, über den Zaun und wohin es dich treibt." Sie schob sich plötzlich nah an ihn heran und nahm ihn mit einer großen Behutsamkeit in den Arm. Er roch ihren Duft und spürte ihren zarten Körper, der sich an ihn angelehnt hatte. Es war ein unglaublich schönes Gefühl der Vertraulichkeit, als Safina und er für einige Momente aneinander ruhten, als ob sich ihre Seelen in diesem Moment verbündeten, gegen alle feindlichen Mächte und Schwierigkeiten, mit denen sie zu kämpfen hatten. Von diesem Augenblick an gab es eine Verbindung zwischen ihnen, das spürte er ganz deutlich, die mehr war als ein zufälliges Treffen in einer Klinik. Diese Frau und ihr Schicksal würde ihn noch in

Anspruch nehmen. Für ihn war es nicht nur Sympathie oder Neugier, die sie zueinander geführt hatten. Es war etwas da, das er nicht benennen konnte, das sie in ihren Begegnungen und Gesprächen verband. Was das war, würde er wohl noch herausfinden. Und er genoss den Moment , den ihre Nähe ihm schenkte. Nachdem sie sich langsam und wortlos voneinander gelöst hatten, gingen sie schweigend zum Speisesaal.

Kapitel 7

Abends saßen sie beide in einem Konzert, das in der Klinik gegeben wurde. Klassische Musik, ein kleines Orchester aus der Nähe spielte Werke aus Barock und Romantik. Es fand statt in dem Saal des Hauses, der für solche Anlässe passend war, denn es gab eine Bühne und etwa 100 Plätze, auch Besucher von außen kamen zu Kulturveranstaltungen der Klinik. Nach all den therapeutischen Gesprächen tat es beiden gut, einmal nur den Klängen der Musik zu lauschen. Vor allem Safina hatte sich den ganzen Tag gefreut wie ein Kind und ihr sonst oft ernstes Gesicht wirkte an diesem Abend heiter und gelassen. Sie hatten ihre Plätze in der dritten Reihe eingenommen, und es trat eine ehrfürchtige Stille ein, als die Musiker, überwiegend Frauen mit Streichinstrumenten, ihre Plätze eingenommen hatten. Safina, die selbst Musikerin war und von der Anspannung vor solchen Auftritten wusste, blickte gebannt auf die Bühne. Sie schien ihre ganze Aufmerksamkeit der Musik zu widmen, die nun begann. Suiten von Bach wurden als erstes vorgetragen. Robert hörte gerne Musik von Bach, war mit dieser Musik aufgewachsen, seine Eltern hatten sie oft aufgelegt in Kindertagen. Musik von Bach ist wohltuend und wie eine innere Reinigung, hatte ihm sein Vater, der Musiklehrer war, öfter gesagt. Das war in seinem Bewusstsein haften geblieben. Er empfand das auch so, es schien ihm, als würde er aus der harten Realität psychischer Probleme, die ihn umgaben, in eine andere Welt entführt, wo das ganze Durcheinander des Lebens nicht existierte und große Klarheit herrschte. Klänge von oben, aus einer anderen Welt, in der noch kein Lebender sein durfte. Safina hatte die Augen geschlossen, und ihr Blick war fast verklärt, als habe sie eine andere Bewusstseinsstufe erreicht und sei in einem musikalischen Kosmos gelandet. Er hätte ihr gerne gesagt, wie gut es ihm neben ihr ging, mit der Musik und ihrer Gegenwart, aber er traute sich nicht. Als ob sie seinen Wunsch geahnt hätte, beugte sie sich plötzlich zu ihm und flüsterte ihm ins Ohr: „Das habe ich in Sarajevo auch schon gespielt."

Sarajevo, die Stadt, die im Balkankrieg solche Zerstörung erfahren hatte und deren Häuser in diesem Wahnsinn ethnischer Konflikte zerschossen wurden. Safina hatte ihm erzählt, dass sie während des Krieges Konzerte gaben und die Konzerthalle von bewaffneten Männern beschützt werden musste. Die Konzerte waren ausverkauft, so dass Menschen noch stehen mussten, um für zwei Stunden Frieden für die Seele zu finden. Safina hatte weinende Menschen am Bühnenrand gesehen, die vielleicht Angehörige verloren hatten oder Schwerverletzte in Krankenhäusern besuchen mussten. Sie hatte das großartige Gefühl gehabt, den Menschen mit der Musik etwas geben zu können, was ihnen Kraft gab, diese Schrecken aushalten zu können. Aber eine Zeit später hatte sie die Kraft verlassen, aufgrund ihrer schlimmen Erlebnisse in einem Dorf musste sie die Arbeit als Orchestermusikerin aufgeben. Damit, sagte sie, war eine wichtige Stütze ihres Lebens dahingegangen, sie hatte in dieser Zeit oft von einem Schiff geträumt, das ohne sie den Hafen verlassen hatte. Aber natürlich war sie der Musik treu geblieben, hatte Musik gehört, so oft sie konnte, oder Geige für sich gespielt. Ihm hatte sie gestern auf ihrem Zimmer ein Stück vorgespielt aus ihrer Heimat, ein Balkanlied, das sie so innig spielte, dass er noch eine ganze Weile wie verzaubert dasaß. Safina als Person und dann diese von ihr gespielte Musik, das war fast zu viel für ihn. Dieser eigentümliche Zauber, der ihn in seinen Bann nahm und die Schwerkraft seiner gestressten Seele verwandelte, das war inzwischen für ihn wichtiger als alles andere in dieser Klinik. Wie schaffte es eine Frau nur, innerhalb von wenigen Tagen seine innere

Abwehr vollständig zu durchbrechen und in ihm eine Sehnsucht nach Nähe zu entfachen, die er schon so lange vermisste. Dabei ging es nicht vordergründig um sexuelle Anziehung, sondern um unvoreingenommene Anteilnahme und Freude am Leben, die sie ihm durch ihre Gegenwart schenkte. Er spürte eine kleine Welle der Traurigkeit, als er an den Abschied von ihr dachte, der wohl bald anstand, hoffte, dass er seine Gefühle kontrollieren und auf seine

bewährte männliche Art in den Griff bekommen konnte. Bis dahin aber wollte er jede Minute mit Safina genießen.

In der zweiten Hälfte des Konzertes gab es romantische Musik von Dvorak, eine Streicherserenade. Safina hatte ihm vorher erzählt, dass sie mit dieser slawischen Musik aufgewachsen war, sie in ihrer Heimat oft gehört hatte. Ihr Gesicht spiegelte die Schönheit der Klänge, und mehrmals drückte sie fest seine Hand. Am Ende des Konzertes führte sie mit einer besonderen Geste beide ausgebreiteten Arme langsam an ihre Brust und verbeugte sich leicht. Er fragte sie später, was diese Geste bedeutete, und sie sagte ihm, das tue sie immer, um das Gehörte zu verinnerlichen und dafür zu danken. Sie sagte es mit dieser Selbstverständlichkeit, die zu dem Schluss führen konnte, dass alle Menschen dies taten, so wie man sich beim Gruß die Hand gab. Safina hatte ihre eigenen Rituale entwickelt, um ihr Leben zu meistern, und sie beeindruckte ihn immer mehr mit ihrem Ausdruck und ihren Empfindungen. Er beobachtete sie , und vielleicht war es sein Glück, dass gerade sie sich zur gleichen Zeit hier aufhielt wie er. Nach dem Konzert hatte er sie noch auf ein Glas Wein in die Cafeteria im Erdgeschoss eingeladen, die noch geöffnet hatte für die Konzertbesucher. Sie hatten versunken und schweigend ihren Wein getrunken, ließen die Musik in ihren Seelen nachschwingen und spürten die Nähe, die der Abend ihnen schenkte. Dann verabschiedeten sie sich und gingen zu ihren Zimmern.

Kapitel 8 :

Der Tag ihrer Abreise war gekommen. Er traf Safina im Foyer, sie saß neben einer prall gefüllten Reisetasche. Sie hatte eine dicke Winterjacke angezogen, die sie vor der zu erwartenden Kälte schützen sollte. Sie schaute ernst und traurig vor sich hin, und als sie ihn erblickte, lächelte sie schwach. „Hallo, guten Morgen." Er widerte ihren Gruß und spürte, wie langsam ein Gefühl der Traurigkeit als Vorbote des Abschiedes von ihm Besitz nahm. Er fragte sie, ob sie mit ihm noch einen Kaffee trinken wolle. Sie bejahte, und er machte sich auf den Weg zum Automaten, um mit zwei Bechern voller Milchkaffee zurückzukehrten. Eine Weile tranken sie wie immer schweigend, dann vernahm er ihre leise Stimme: „Mein Zug fährt in einer Stunde, bis zum Bahnhof ist es ja nicht weit." Wir haben also noch etwas Zeit zum Reden, wollte sie ihm damit sagen. Er hatte sich in der Nacht, als er mal wieder längere Zeit wach lag wie oft in den letzten Jahren, überlegt, was er ihr noch sagen konnte, ohne sie zu bedrängen oder auch sich selbst in Schwierigkeit zu bringen. Natürlich wäre es vernünftigerweise das Beste, ihre Begegnung hier als auf die Kur begrenzt zu sehen und sich wieder ganz auf das eigene Leben zu konzentrieren. Die Klärungen mit Meike, die anstanden, waren schon schwierig genug, und weitere Kontakte mit Safina würden es nicht einfacher machen. Aber es war im Moment einfach unvorstellbar, sich für immer von ihr zu verabschieden, von dieser Frau, die ihm in wenigen Tagen so ans Herz gewachsen war. Deren Schicksal und Leben ihn berührte, weil sie ihm so offen und direkt ihre Meinung sagte, von ihrer Gegenwart in Deutschland erzählt hatte, ihrer Familie, ihrer Liebe zur Musik, ihrem Misstrauen gegenüber allem, was nach Therapie roch. Auch wenn er von dem Ereignis, das sie so verletzt und traumatisiert hatte, noch nichts wusste. Abschied? Ja, ein kleiner Abschied für jetzt, aber nicht für immer, hörte er sein Herz sagen. Aber wie konnte er ihr diesen Wunsch nahebringen? Safina blickte ihn aufmerksam an und las in seinem Gesicht, als wolle sie seine Gedanken erraten. „Na, woran denkst du jetzt? Sag´mir bitte nicht „Mach´s gut" oder irgend so was, dann gehe ich sofort."

War das ein Signal, ihr ein Angebot zu machen jenseits dieses für sie ungeliebten Ortes, den sie jetzt verlassen durfte? Ihr seine Handynummer zu geben oder einen Anruf anzukündigen? Ja, das würde er am Ende tun, ihr seine Nummer geben, dann konnte sie entscheiden, ob sie ihn anrief. „Was wirst du in nächster Zeit tun?" fragte er. „Weiß ich noch nicht", lautete die knappe Antwort, sie gönnte sich einen tiefen Schluck und ergänzte: „Interessiert dich das wirklich? Es gibt doch genug Menschen, um die du dich kümmern musst, deine Familie, demnächst Patienten. Meinst du, du hast Zeit und Energie, dich auch noch mit mir und meinen Problemen zu befassen? Überleg´dir das gut." Ja, genau das hatte er getan, und war zu einer Entscheidung gekommen. Aber Safinas Sätze konnte er auch als Zurückweisung auffassen. Vielleicht musste sie ihm auch etwas weh tun und ihn an seine Grenzen erinnern, um den Abschied zu erleichtern. Oder sie forderte ihn heraus, um zu erforschen, ob es ihm wirklich ernst war mit einem Kontakt, der ebenso unverbindlich wie freundschaftlich werden konnte. Er gab ihr die Antwort, die er für die ehrlichste hielt.

„Ich möchte wissen, wie es bei dir weitergeht, und würde dich gerne irgendwann sehen, wenn ich hier rauskomme. Ich gebe dir meine Handynummer, und wenn du willst, kannst du mir deine geben. Sonst entscheidest du eben, ob du anrufst."

Sie sah ihn prüfend an, als habe sie Zweifel, ob sie sich darauf einlassen solle. „Natürlich entscheide ich. Und mit dem Treffen, das sehen wir dann mal. Ob ich das will, weiß ich wahrscheinlich erst, wenn ich zuhause bin. Aber unsere Nummern austauschen, das können wir gerne machen. Nur erwarte nicht zu bald eine Reaktion, in den nächsten Wochen bin ich Bosnien, um meine Tochter zu sehen."

„Na klar, das ist jetzt wichtig." Mit dieser Floskel überspielte er seine leise Enttäuschung, denn er hatte auf eine verbindlichere Reaktion gehofft. Aber immerhin gab es ja das Angebot mit den Handynummern. „ Es war schön mit dir." Bei diesem Satz legte er seinen Arm auf ihre Schulter. Sie zuckte ein wenig zusammen und rückte etwas von ihm ab. „Es war für mich gut, einen Menschen wie dich getroffen zu haben, der mir zugehört hat und mit dem ich reden konnte", sagte sie leise. Sie vermied die direkte Gefühlsebene, aber er hörte ein Dankeschön und auch ein gewisses Interesse an seiner Person heraus. Dabei beließ er es, und den Rest ihrer Zeit verbrachten sie im Schweigen. Als sie sich endgültig verabschiedeten und noch einmal kurz umarmten, spürte er, wie ein Wärmestrom durch sein Herz ging. Entschlossen nahm sie ihre Tasche und strebte dem Ausgang zu.

Der übrige Tag verlief für ihn in einer Art melancholischer Abwesenheit, er irrte durch die Klinik und versäumte seine Termine. Von einer inneren Unruhe getrieben trieb es ihn in den Park, wo er kreuz und quer verschiedene Wege ging , ohne Ziel und Sinn. Den Schnee, der sanft auf ihn fiel und ihn allmählich durchnässte, nahm er kaum wahr.

Er versuchte eine innere Bestandsaufnahme. Er war jetzt drei Wochen hier und hatte noch eine Woche vor sich, eventuell auch noch eine Verlängerung. Was sein Thema „berufliche Erschöpfung" anging, war er nicht viel weitergekommen. Die Gespräche in der Gruppe und mit den Therapeuten hatten bestätigt, dass es dringend nötig war, auszusteigen. Immerhin. Er hatte noch einmal einen Burn-Out-Test gemacht, die Werte waren unverändert hoch. Auch der medizinische Befund - Blutwerte, Gewicht, Herz – deutete einen unverminderten Stress an, der nach Meinung der Therapeuten psychosomatisch bedingt war. Aber die Ursachen und Hintergründe lagen für ihn nach wie vor weithin im Dunkeln. Ein Problemfeld hatte er bisher sorgfältig gemieden, nämlich seine Ehekrise mit Heike. Und dann war Safina in sein Leben eingefallen mit ihrer aufreizenden Anmut, der er sich bis zuletzt nicht entziehen konnte. War sie der Spiegel seiner Sehnsucht, in den er nicht schauen wollte, weil seine ungelebte Seite sich darin gnadenlos offenbarte und ihn zur Auseinandersetzung zwang mit einem trägen und unausgefüllten täglichen Dahinleben zwischen einer ihn überfordernden Praxis als Arzt und langweiligen Ehe daheim, der er zu entkommen versuchte, aber nicht entkam. Er schwankte, wenn ihm dieser Zustand ins Bewusstsein trat, zwischen Wut auf sich selber und auf Meike, die sich ihm entzog, weil er ihr weder Leidenschaft noch aufrichtige Teilnahme an ihrem Leben bieten konnte und das Ehegebäude auf ziemlich tönernen Füssen stand. Er wusste, dass sie auf eine Veränderung nach seiner Rückkehr aus der Klinik wartete. Aber wie sollte die aussehen? Eine Trennung auf Zeit, so wie momentan, war eigentlich die beste Lösung. Aber das Alleinsein mit sich, seinen Gedanken und Gefühlen, das er jetzt schon als schwer erträglich empfand, würde sich dann noch verstärken. Insofern war er froh, dass er in der Klinik noch unter Menschen war, und ihm wurde mulmig beim Gedanken an seinen letzten Tag, der nicht weit entfernt war. Am Nachmittag desselben Tages saß er noch lange an seinem Platz im Foyer und dachte an Safina. Vor seinem inneren Auge sah er sie mit ihrer Tasche durch die Straßen einer für sie fremden Stadt ziehen, auf dem Weg zu einer Wohnung, in der sie nicht wirklich zuhause war. Ein Mensch zwischen zwei Welten. Eine Frau, die vorübergehend seine Nähe gesucht hatte und dann so plötzlich entschwunden war, wie sie aufgetaucht war. Aber nicht aus seinem Herz, wo sie schon einen Platz einnahm. Er nahm sich vor, sie schon am nächsten Tag anzurufen.

Kapitel 9

Sie hatte sich das Tragen der schweren Tasche erleichtert, indem sie den langen Riemen über die Schulter legte. Nachdem sie am Hauptbahnhof Frankfurt angekommen war, kaufte sie sich eine Fahrkarte für den Regionalzug, der sie in ihren Wohnort, etwa 50 km jenseits der Stadt, bringen sollte. Sie bahnte sich einen Weg durch das Gewühl der Menschen, die um diese Tageszeit von der Arbeit nach Hause strebten und sich auf die verschiedenen Züge verteilten. Menschen hasteten an ihr vorbei, die wohl auf den letzten Drücker kamen. Sie wurde mehrfach gestoßen oder beiseite geschoben und merkte, wie sie langsam wütend wurde. Dieses Gerenne und Gehetze in Deutschland war ihr fremd, sie kam aus einem Land, in dem das Tempo, in dem die Menschen lebten oder arbeiteten, ein anderes war. Sie wusste, dass sie möglichst bald an einen Ort oder in ein Land wollte, wo es ruhiger zuging. Ballungsräume mied sie, soweit es ging, aber jetzt musste sie durch das Nadelöhr Hauptbahnhof . Plötzlich sah sie einen Mann, der an einem Kaffeestand lehnte, mit den Armen aufgestützt und einen großen Pappbecher Kaffee vor sich. Es durchfuhr sie

wie ein elektrischer Schlag, als sie sein Gesicht sah. Das war ER, sie kannte diesen Mann.

Sie sah vom Fenster des verfallenen Steinhauses, in das sie sie eingesperrt hatte, wie sie auf dem Hof die Männer des Dorfes zusammentrieben. Des Hauses, in das sie sie geschleppt hatten, nachdem sie mit verbundenen Augen im Auto gefahren wurde. Sie sah das brennende Haus und die von Hilflosigkeit und Angst gezeichneten Gesichter der Menschen, die mit ihr in dem Zimmer eingesperrt waren. Die Flammen waren in unmittelbarer Nähe, und der schwarze Rauch drang durch das Fenster in das Zimmer. Die Hitze war unerträglich. Sie hörte die groben Sätze und Kommandos der Soldaten auf dem Hof. Dann fielen Schüsse. Schreie. Stille. Wieder Kommandos. Auf dem Hof lagen blutende Leichen, teilweise aufeinander liegend. Dann wurden sie auf einen Wagen geladen. Au-

totüren schlugen, die Kleinlaster mit den Leichen fuhren weg. Sie spürte wahnsinnige Angst. Wann würden sie kommen und sie umbringen, die Frauen und sie, die in dem Zimmer eingesperrt waren. Oder sie würden verbrennen, weil niemand mehr daran dachte, dass Menschen in dem Haus eingesperrt waren. Irgendwann kamen Menschen, öffneten die Türen und brachten die Frauen in bereit gestellte Autos, legten ihnen eine Augenbinde an und fuhren mit ihnen weg. Sie fiel in Ohnmacht und erwachte erst, als sie aus dem Auto geworfen wurden, an irgendeinem Feldweg, wo sie mit schmerzenden Gliedern und wie gelähmt lag, bis jemand vorbeikam und sich ihrer erbarmte.

Sie war wie erstarrt und kam keinen Schritt weiter, sie hörte die Flüche der Menschen, denen sie im Weg stand. Sie sah den Mann an und versuchte, sich zu erinnern. Dieses schreckliche Gefühl der Angst hatte ihre Seele ergriffen, und sie fühlte das Grauen herannahen, das sie empfunden hatte, als die Männer sie in das Auto gezerrt hatten. Sie musste sich irgendwie aus der Situation befreien, irgendwohin, wo sie sicher war, wo sie diesen Mann nicht mehr sehen musste. Sie nahm all ihre Kraft zusammen und lief zu einem Supermarkt, tauchte ab zwischen die Regale und kniete sich auf den Boden . Wie ein verängstigtes Tier hockte sie dort. Eine besorgte Frauenstimme drang an ihr Ohr. „Ist ihnen nicht gut, junge Frau?" Sie sah auf, ein freundliches Gesicht sah sie

an. „Ein Schluck Wasser?" „Nein, danke, es geht schon."
Sie atmete tief ein, eine Technik, die sie erfolgreich anwendete, wenn die bösen Erinnerungen sie wie Geister überfielen. Allmählich ging es ihr besser, sie wurde ruhiger. Wieso passierte ihr das so plötzlich und unvermittelt? Dass sie alle Kraft und Kontrolle verlor, obwohl doch dieser Mann ihr unter so vielen Menschen nicht gefährlich werden konnte. Wenn er es überhaupt war, sie war sich jetzt nicht mehr sicher. Es gab nun mal Menschen, die sich sehr ähnlich waren, und so genau hatte sie die Gesichter der Männer nicht wahrgenommen damals. Sie hatte weggesehen, um nicht in die Augen dieser Männer schauen zu müssen. Sie setzte sich an einen Tisch weiter hinten, von dort konnte sie den Eingang beobachten, falls dieser Mann noch einmal auftauchen sollte. In ihrem Kopf wirbelten die Gedanken. Was war los mit ihr? Hatten die Therapeuten vielleicht doch recht, dass sie traumatisiert war und bei jeder Gelegenheit wie jetzt von der Vergangenheit überfallen werden konnte, ohne innere Gegenwehr? Hatte sie leichtfertig die Gelegenheit versäumt, sich in der Klinik behandeln zu lassen und sich der Vergangenheit zu stellen? War sie in ihrem Leben noch geschützt genug? Was würde sie tun, wenn ein Mann sich ihr unsittlich näherte? Sie wagte gar nicht daran zu denken. Jetzt hätte sie gerne Robert an Ihrer Seite gehabt, aber der war in der Klinik. Sie überlegte, ihn anzurufen, hatte das Handy schon in der

Hand, entschied sich dann aber doch dagegen. Es war noch zu früh, und sie musste versuchen, allein zurecht zu kommen. Sie bestellte einen Latte Macchiato und versank in Gedanken an früher.

Nachdem sie wieder nach Hause zurückgekehrt war, hatte sie mit niemandem über ihr Erlebnis gesprochen. Selbst mit ihrer Mutter, die ihre intimste Gesprächspartnerin war, nicht. Sie wollte das Geheimnis hüten, solange sie konnte. Und nicht tausend Fragen beantworten oder schreckliche Details preisgeben müssen. Glücklicherweise hatte sie keine äußeren Verletzungen davongetragen, die Nachfragen provoziert hätten. Ihr Innenleben allerdings konnte sie nicht verbergen, sie zog sich zurück, schwieg oder reagierte oft aggressiv. Allen Versuchen ihrer Eltern oder Verwandten und Freunde, herauszubekommen, was zu diesem Verhalten führte, setzte sie ihr trotziges Schweigen entgegen. Das führte zu wochenlang angespannter Atmosphäre im Haus, so dass sie sich entschloss, vorübergehend zu einer Freundin zu ziehen. Von dort aus wollte sie dann eine Wohnung in Sarajevo suchen, wo sie sich an der Musikhochschule beworben hatte, um Geige zu studieren. Sie war zwanzig, und es war höchste Zeit, das Elternhaus zu verlassen. Ihre Mutter jammerte, nun verliere sie auch noch ihre älteste Tochter in diesem schrecklichen Krieg, aber dem hielt sie entgegen, dass ja noch andere Geschwister da seien, um auf die Eltern, deren Nervenkostüm zunehmend angegriffen war, aufzupassen. Das Dorf war weitgehend von Zerstörungen verschont geblieben, aber der Krieg war bis auf wenige Kilometer herangerückt, auch wenn er sich jetzt dem Ende näherte und die Truppen abgezogen waren. So zog sie aus ihrem Elternhaus aus, um endlich ihre Sehnsucht zu erfüllen, eine gute Musikerin im Fach Geige zu werden. In ihrer Seele aber schlummerte ein böser Geist, der jederzeit wach werden konnte.

Sie nahm den Zug, der sie in die Nähe ihres Wohnortes bringen würde und sah hinaus in die trübe Winterlandschaft. Eine Landschaft im milchigen Dunst, entsprechend ihrer Gefühlslage. Am liebsten hätte sie ihren Kopf in den Schoß eines ihr vertrauten Menschen gelegt. Aber da war keiner und würde auch so bald keiner sein, dem sie wirklich sich und ihr Leben anvertrauen konnte? Robert? Sie verwarf den Gedanken ganz schnell. Der würde zu seiner Frau zurückkehren, da wo er hingehörte. Sie sehnte sich nach ihrer kleinen fünfjährigen Tochter Marica, die so süß und lebendig und heil in ihrer Seele war. So bald wie möglich würde sie zu ihrer Freundin fahren, wo Marica zur Zeit untergebracht war, weil sie dort zur Schule ging. Solange sie nicht wusste, ob sie länger in Deutschland bleiben konnte, wollte sie ihrer Tochter einen Wechsel des Landes und der Sprache ersparen. Auch wenn die Kleine oft weinte, weil sie ihre Mutter vermisste. Sie telefonierten fast täglich.

Sie freute sich auf ihre kleine Wohnung, sie hoffte, dort erst einmal Frieden für ihre Seele zu finden und nahm sich vor, das erste Klavierkonzert von Chopin zu hören. Mit Hilfe dieser wunderbaren Musik konnte sie der Gegenwart entkommen.

Kapitel 10

Am nächsten Tag saß sie im Wartebereich des Ausländeramtes auf einem grünen Schalensessel, es war ziemlich voll, sie hatte den letzten freien Platz ergattert.

Sie hatte schlecht geschlafen, das gestern Erlebte war ihr ziemlich nachgegangen, in ihrem Traum lag sie wieder auf dem Bett und lauschte angstvoll in die Dunkelheit. Die Menschen, die neben ihr saßen, schwiegen vor sich hin, manche hielten eine Bescheinigung in der Hand. Die meisten sahen ebenso übernächtigt aus wie sie glaubte auszusehen, dunkle Augenringe vermittelten einen Eindruck von Menschen, denen es nicht gut ging, die Angst vor Abschiebung hatten und deshalb einfach oft wach lagen oder über ihr Schicksal nachgrübelten. Safina kannte diesen Zustand, und ohne all diese Menschen aus verschiedenen Nationen zu kennen, fühlte sie sich doch mit ihnen verbunden.

Nach einer Weile wurde sie in ein Zimmer gerufen mit der Nummer 35, an der Tür hing ein Schild mit dem Namen Wolf, Inspektor. Der Name sagte ihr gar nichts. Herr Wolf wies ihr mit einer kurzen Geste, ohne sie dabei anzusehen, einen Platz auf einem grauen Stuhl zu, der an einem ebenso grauen runden Tisch stand, an dem auch Herr Wolf Platz genommen hatte. Er schlug eine Akte auf, in der ihre Papiere eingeheftet waren. „Frau Lamic, es geht um ihren Aufenthalt. Ihr Aufenthaltsvisum läuft in drei Monaten aus, und wir sehen derzeit keine Möglichkeit und auch keinen Grund, dieses zu verlängern, da sie in Deutschland keiner Arbeit nachgehen und auch sonst keine zwingenden Gründe für eine Verlängerung vorliegen." Sie fühlte einen Stich in der Herzgegend und hatte das Gefühl, als habe ihr jemand auf den Kopf geschlagen. Sie versuchte, mit Hilfe ihrer bewährten Atemtechnik ins innere Gleichgewicht zu kommen. Auf keinen Fall wollte sie vor diesem Beamten, gegen den sie eine instinktive Abneigung empfand, irgendwelche Gefühle zeigen.

„Und das heißt, ich muss dann ausreisen?" Herr Wolf blickte sie aus seinen wässrig blauen Augen über den Brillenrand an und sagte mit seiner mechanisch-tonlosen Stimme: „Ja, so ist das leider." Es entstand eine Pause, und sie überlegte, einfach aufzustehen und das Büro zu verlassen, bevor es zu irgendwelchen Szenen kam. Dieser Amtsmensch würde sich sowieso auf keine Diskussion einlassen, die an der Sachlage etwas änderten. Aber eine Antwort konnte sie sich dennoch nicht verkneifen. „Das „leider" nehme ich Ihnen nicht ab. Aber sie tun ja auch nur ihre Pflicht, wie es in Deutschland so schön heißt. Ich hatte zwar gehofft, noch einmal eine Verlängerung zu bekommen, aber auch mit dieser Entscheidung gerechnet. Natürlich werde ich mich sofort mit meiner Anwältin in Verbindung setzen und Einspruch erheben, wie üblich." Herr Wolf klappte die Akte zu und bemerkte nüchtern: „Das ist ihr gutes Recht. Ich möchte sie aber noch einmal darauf hinweisen, und das haben wir ja in der Vergangenheit schon mehrfach getan, dass bei ihnen eine Traumatisierung aufgrund ihrer Kriegserlebnisse vorliegen kann, die aber durch ein Gutachten bestätigt werden muss, wie sie ja wissen, und nach § 25 Ausländerrecht zu einem dauerhaften Aufenthalt führen kann, sollte das Gutachten positiv ausfallen." Er schien mit sich zufrieden und blickte zu ihr hinüber, als habe er ihr ein besonders großzügiges Angebot gemacht. Sie spürte wieder dieses Gefühl von Ohnmacht in sich aufsteigen, das sie in solchen Situationen oft hatte, wo Menschen über sie entschieden, die sie weder kannten noch für sie interessierten. Sie erhob sich, wandte sich zur Tür und bemerkte zum Schluss mit einem Tonfall, in den sie ihre Verachtung für diese Behörde, die so über Schicksale von Menschen entschieden, hineinlegte: „Wissen Sie, Herr Wolf, das sind sehr persönliche Dinge, die da eine Rolle spielen und sie und ihre ganze Behörde nichts angehen. Ich brauche keine Ratschläge von Ihnen. Sie hören dann von meiner Anwältin." Dann verließ sie mit dem Gefühl, das Ihre gesagt zu haben, den Raum und strebte dem Ausgang zu. Am Nachmittag rief sie dann ihre Anwältin an, die ihr Mut zusprach und auch versprach, sich umgehend um diese Angelegenheit zu kümmern und eine Eingabe beim Verwaltungsgericht zu machen. Sie vereinbarten einen Termin für die kommende Woche. Den Rest des Tages verbrachte sie in ihrer Wohnung und trank in Etappen eine Flasche Weißwein, die schon länger im Kühlschrank stand und ihre trübe Stimmung etwas vertrieb. Trotzdem spielte sie immer wieder mit dem Gedanken, Robert anzurufen, und hielt das Handy in ihrer Hand, in dem sie seine Nummer gespeichert hatte. Aber sie konnte sich nicht entscheiden. Was sollte sie nun tun? Wieder nach Bosnien, da wo ihre Freundin mit ihrer Tochter lebte? Das wäre natürlich das Naheliegende, aber sie spürte schon die Aversion in sich aufsteigen beim Gedanken, wieder in dem Land zu leben, wo sie so Schlimmes erlebt hatte und in dem sie, vor allem beruflich, keine Perspektive mehr sah. Auch wenn da ihre Familie lebte und Menschen, die ihr wichtig waren.

Plötzlich klingelte das Handy. „Hallo, hier ist Robert. Ich wollte mich doch mal melden. Wie geht es dir?" Er hatte es also tatsächlich geschafft, zum Handy zu greifen und ihre Nummer anzuwählen. Sie war erleichtert und antwortete: „Schön, dass du anrufst. Mir geht es nicht so gut, ich habe heute morgen beim Ausländeramt erfahren, dass mein Visum in 3 Monaten endgültig nicht mehr verlängert wird. Das war´s dann wohl mit Deutschland." Am anderen Ende der Leitung herrschte zunächst Stille. Dann meldete sich wieder Roberts Stimme mit hörbarer Betroffenheit: „Das kann doch nicht wahr sein, dass die dich abschieben, einfach so, nach allem, was du erlebt hast. Da muss man doch was gegen machen." Damit gab er ihr Gelegenheit, ihren eigenen Widerstand zu formulieren. „Natürlich, ich habe eben mit meiner Anwältin telefoniert. Wir werden Widerspruch einlegen." „Und, meinst du, das hat Aussicht auf Erfolg?" fragte Robert, der sehr besorgt schien. „Weiß ich auch nicht, ich kenne mich mit diesen Dingen zu wenig aus. Ich vertraue meiner Anwältin, sie wird das Notwendige veranlassen." Pause. Dann kam die Frage, mit der sie gerechnet hatte: „Und was ist mit einem Traumagutachten?" Sie lächelte, es tat ihr gut, dass Robert so viel Anteilnahme zeigte. „Ach, weißt du, das haben wir doch schon besprochen, warum das für mich nicht in Frage kommt."

Wenige Tage später besuchte er sie, aber da sie ihn noch nicht in ihre Wohnung lassen wollte, trafen sie sich an einem kleinen Waldstück in der Nähe ihrer Wohnung. Sie nahm ihn mit auf einen Rundweg, der ihr vertraut geworden war, den sie oft allein ging, wenn ihr die Decke auf den Kopf fiel. Ihre Begrüßung war von Vorsicht geprägt, sie nahm ihn kurz in den Arm. Sie hatte sich vorgenommen, Abstand zu halten, um die Unsicherheit von sich fern zu halten, die Robert in ihr auslöste, wenn er sie ansah. Seit ihren Erlebnissen mit Männern im Krieg konnte sie die Umarmung eines Mannes nicht mehr genießen, körperliche Nähe signalisierte Gefahr. Robert war ein lieber Mensch, der ihr nichts antun würde, das wusste sie. Aber ihre instinktive Abneigung gegen männliche Annäherung jeder Art ließ auch nicht mehr zu. Robert schien das zu spüren, und so gingen sie eine Weile schweigend nebeneinander her, der herannahende Frühling zauberte ein paar Sonnenstrahlen auf den vor ihnen liegenden Weg. Die Abgeschiedenheit des Wäldchens umfing sie und schaffte die nötige Vertraulichkeit. Robert durchbrach die Stille mit der Frage, wie es ihr denn gehe und wie es denn um ihre Visumsangelegenheit stehe. Auf die erste Frage mochte sie nicht antworten, bei der zweiten lautete die Auskunft, sie habe noch keine Antwort von ihrer Anwältin. Sie habe sich auch schon überlegt, illegal abzutauchen, sie habe eine Freundin in einem kleinen Ort bei Würzburg, die würde sie sicher aufnehmen. Jedenfalls gehe sie nicht einfach weg aus Deutschland, sie habe sich mühsam mit dem Land vertraut gemacht und auch die Sprache gelernt und lasse sich nicht so einfach vertreiben. Sie könne sich auch zum gegenwärtigen Zeitpunkt nicht vorstellen, in Bosnien zu leben, dazu habe sie noch zu wenig Abstand. Zu ihrer Tochter fahren wolle sie natürlich, aber sie brauche die Rückzugsmöglichkeit. Robert reagierte erschrocken, als sie von Abtauchen sprach, und wandte ein, dann würden sie sie sofort abschieben, wenn sie gefunden würde. Und die Angst sei ein ständiger Begleiter, das sei bei Illegalität so, und er habe seine Zweifel, ob sie das aushalten könne. Sie hörte sich seine Einwände geduldig an und merkte, dass auch seine Fürsorglichkeit etwas war, was ihr einerseits guttat, ihr aber irgendwann zu viel sein könnte und dass sie Roberts Anwesenheit nur begrenzte Zeit ertrug.

„Ich muss einen Weg finden, einen, der nicht zurückführt, sondern in neues Leben. Die Türen zu meiner Vergangenheit habe ich mehr oder weniger verschlossen. Wenn mir der Staat also keine Chance gibt, muss ich sie selber suchen. Wenn´s sein muss, auch mit nicht legalen Mitteln." „Und wovon wirst du dann leben?" fragte er unvermittelt. „Vielleicht kannst du mir dabei helfen", gab sie zurück und war selber erstaunt, wie schnell dieser Satz alle Hürden in ihr genommen hatte. Den Rest des Weges gingen sie im Schweigen, als ob beide in sich forschten, wie ernst es beiden mit der Lösung dieses Problems war. Während ihrer Wanderung schwang die Antwort auf ihre Frage zwischen ihnen hin und her wie ein Pendel, das keine Ruhe fand.

Anschließend saßen Sie in einer kleinen Cafeteria des Ortes, nur wenige Menschen waren außer ihnen da. Sie versorgten sich jeweils mit einem Stück Apfelkuchen und einer großen Tasse Milchkaffee. Sie schaute mit einem leeren Blick an Robert vorbei, der sie aufmerksam ansah, als warte er wieder darauf, dass sie wie so oft das Schweigen durchbrach. Nachdem sie das letzte Stück in ihren Mund geschoben hatte, sah sie auf und fixierte ihn mit einem Blick, der eine Frage enthielt. „Könntest du dir vorstellen, mit mir nach Krasonic zu fahren? So heißt mein Dorf in Bosnien. Ich möchte dort meine Mutter besuchen. Außerdem möchte ich zurück an den Ort, wo ich etwas Schreckliches erlebt habe. Ich muss herausfinden, wie schlimm es wirklich für meine Seele war und ob ich in dieser Gegend noch leben könnte." Ihm fiel vor Schreck fast die Tasse aus der Hand. „Dort noch leben? Warum willst du dir das antun?" Sie lächelte ihn an. „Natürlich nicht nahe an dem Ort, aber immerhin in dem Land, wo mich vieles an den Krieg erinnern wird. Irgendwo muss ich ja leben, wenn ich hier nicht mehr leben darf. Dort ist meine Tochter, meine Familie, meine Heimat. Verstehst du das?" Sie machte eine kleine Pause, um ihm Zeit zu geben. „Ich brauche jemanden, der mich begleitet bei dieser Reise. Allein schaffe ich das nicht. Du kannst mir helfen, wenn es schiefgeht, du kennst dich ja aus mit Krisen."

Er brauchte noch einige Zeit, um das Gehörte auf sich wirken zu lassen und innerlich zu ordnen. Spontan hätte er am liebsten sofort ja gesagt, denn er hätte ihr diese Bitte nicht einfach abschlagen können, wenn sich nicht die Abers allmählich gemeldet hätten. Natürlich würde das, außer einige Zeit auf Gedeih und Verderb zusammen zu reisen, auch bedeuten, für sie eine Verantwortung zu übernehmen. Wenn er sie richtig verstanden hatte, auch eine, die auf seinem ärztlichen Wissen beruhte. Das schätzte er bezüglich ihrer Situation nicht sehr hoch ein. Er wusste nicht wirklich, was passiert war und was das für Reaktionen hervorrufen würde, wenn sie an den Ort des Geschehens kamen. Sie musste ihm alles schildern. Außerdem – was sollte er seiner Frau erzählen, wo er in der Weltgeschichte unterwegs war? Innerlich nahm er also sein fast schon gesprochenes Ja zurück und sah ihr fest in die Augen: „Safina, das ist ein schwieriges Projekt für dich und mich. Das kann ich dir jetzt noch nicht zusagen, sondern brauche Zeit zum Nachdenken." Sie sah etwas enttäuscht aus, aber nahm seine Hand und antwortete liebevoll: „Ja, das verstehe ich. Zeit zum Nachdenken. Ist ja auch ein ziemlich unverschämter Wunsch. Aber ich glaube, ich brauche dich jetzt." Natürlich hörte er diesen Satz gerne, aber die Vernunft war im Moment stärker als das Herz. Also bat er sie um ein ausführliches Gespräch, über ihre Vergangenheit und ihre Familie, um zu wissen, worauf er sich einließ. Sie sagte ihm zu, ihn vorher noch einmal anzurufen und aufzuklären, soweit sie dazu in der Lage war. Anschließend fuhr er nachdenklich und sehr bedrückt in die Klinik. Er musste nun bald eine Entscheidung treffen, die ein nicht unerhebliches Risiko enthielt, und ihn Safinas schwierigem Leben näher brachte. Er konnte aber auch immer noch die wahrscheinlich vernünftigere Variante wählen, ihrem Wunsch nicht nachzukommen.

Kapitel 11

Die Entscheidung, mit ihr nach Bosnien zu fahren, traf er einige Tage später, nachdem er die Klinik verlassen hatte. Er hatte sich mit seiner Frau zuhause ausgesprochen und ihr mitgeteilt, er müsse mal eine Weile wegfahren, um zu sich selber zu finden. Sie hatte zunächst erstaunt reagiert und gefragt, was er denn machen wolle, aber es war kein Misstrauen zu spüren gewesen. Er hatte sich eine kleine Lügengeschichte ausgedacht, er habe noch einen alten Freund in der Schweiz, bei dem könne er eine Weile wohnen. In der Schweiz könne er außerdem gut wandern – Wandern war eigentlich nicht unbedingt sein Ding – und das verarbeiten, was er in den Therapien gehört und erlebt hatte. Er hatte noch ein finanzielles Polster aus der Arbeit der vergangenen Jahre, so dass er sich leisten konnte, seine Praxis noch eine Weile geschlossen zu halten. Meike hatte ihn nicht bedrängt, aber wollte von ihm wissen, wie es denn nun in ihrer Ehe weitergehe. Er hatte ihr eine Aussprache nach seiner Rückkehr zugesagt, er müsse noch über das eine oder andere nachdenken. Da sie sein Ausweichen gewohnt war, hakte sie nicht nach, aber verlangte von ihm, dass diese Aussprache in spätestens zwei Monaten, bis zum Sommer, stattgefunden haben müsse, da sie dann in Urlaub fahre und eventuelle Veränderungen in ihrem Leben planen müsse. Nach dieser Vereinbarung hatten sie recht kühl voneinander Abschied genommen, was sein ungutes Gefühl bezüglich seiner Reise verstärkte, denn möglicherweise ahnte sie etwas. Schließlich waren Affären nach Kuraufenthalten keine Seltenheit. Ihm selbst war auch klar, dass es besser wäre, sich jetzt mit sich zu beschäftigen als sich mit einer Frau, die keinen Aufenthalt in Deutschland hatte und in diesem Land eine Fremde war, auf die Suche nach einer von Krieg belasteten Vergangenheit zu machen. So packte er seine Reisetasche, und zwischendurch überfielen ihn immer wieder Zweifel, einige Male hätte er fast Safina angerufen und ihr gesagt, es gehe nicht, seine Frau sei dagegen. Das war die einzige Erklärung, die sie akzeptiert hätte. Aber er brachte es nicht fertig, sie zu belügen in der Lage, in der sie sich befand.

Er stellte sich ihre Enttäuschung vor und sah sie vor sich mit ihrer Reisetasche über der Schulter wie auf dem Weg aus der Klinik, allein reisend Richtung Bosnien, wo ihre Seele ihre Unschuld verloren hatte. Das gab ihm die nötige Energie, seine Zweifel zu überwinden. Als er sein Auto gepackt hatte, mit dem sie fahren wollten, legte er noch einen Zettel auf den Tisch. „Ich liebe dich, auch wenn es im Moment schwer ist zwischen uns. Ich werde um uns kämpfen. Mach es gut". Den Satz mit dem Kämpfen hätte er am liebsten gestrichen. Im Moment vernachlässigte er nicht nur sich und seine berufliche Zukunft, sondern machte auch keine Anstalten, seine Ehe zu retten, sondern flüchtete sich in ein Unternehmen, das auf seltsame Weise sinnstiftend war. Es gab ihm das Gefühl, gebraucht zu werden in einer Situation, in der sonst nichts mehr ging. Er wollte auch nicht an den Ort, wo sich die Probleme türmten und ihm die Kraft fehlte, etwas zu tun, um sie zu lösen. Das war der Stand der Dinge nach vier Wochen Klinikaufenthalt.

Sie hatte alles fertig gepackt, als er bei ihr gegen Mittag eintraf. Es war ein sonniger, aber kalter Tag, auf den Höhen lag noch leichter Schnee. Das Frühjahr hatte sich noch nicht durchsetzen können, kalte Luft vertrieb jeden Gedanken an einen längeren Aufenthalt im Freien. Safina stand vor ihrer Haustür, wieder mit einem Schal, der ihr Gesicht fast verhüllte und nur den Blick auf ihre wunderschönen Augen freigab. Neben ihr stand eine prall gefüllte, abgewetzte grüne Reisetasche, daneben eine Plastiktüte, in die sie Brote verstaut hatte. Sie schaute ihn etwas zweifelnd an, nachdem er sie kurz umarmt hatte, als könne sie immer noch nicht glauben, dass er mit ihr die Reise antreten würde. Er nahm ihr den letzten Zweifel, indem er sie wortlos am Arm nahm, ihre Tasche im Heck des Autos verstaute und sie selbst auf den Beifahrersitz bugsierte. Dann startete er den Motor, legte den Gang ein und rollte langsam Richtung Ausfahrtstraße nach Süden, zur Autobahn. Die Musik für die Reise hatte er bewusst ausgewählt, eine CD mit fröhlicher Balkanmusik zur Einstimmung auf die Gegend Europas, die sie nun ansteuerten: das südliche Bosnien-Herzegowina. Ihre Reiseroute würde sie zunächst über München nach Klagenfurt führen, dort wollten sie übernachten, eine Pension hatte er schon gebucht. Dann ging es am nächsten Tag weiter über Slowenien nach Bosnien, über Banja Luka nach Tuzla, einer kleinen Stadt im Norden, dort hatte Safina Verwandte, sie würden dort einige Tage bleiben können. Ihm war etwas mulmig bei dem Gedanken, in ein für ihn fremdes Land zu reisen, bei Menschen zu wohnen, deren Sprache und Kultur er nicht kannte, und vor allem nicht eine düstere Vergangenheit, von der er nur Bruchstücke wusste. Er war nun sehr abhängig von einer Frau, die ruhig neben ihm saß und in ihre Gedanken versunken war.

„Sag mal, was sagt eigentlich deine Frau dazu, dass du eine solche Reise machst?", ließ Safina sich nach einer Weile vernehmen. Da er mit dieser Frage gerechnet hatte, war er um eine direkte Antwort nicht verlegen. „Sie weiß nur, dass ich unterwegs bin, um einen Freund in der Schweiz zu besuchen, dagegen hat sie nichts einzuwenden. Im Moment hat sie eh viel zu tun in ihrem Beruf und wenig Zeit für mich."

Überraschend schnell, ohne die fast übliche Pause, kam die Antwort. „Eine Lüge, die hoffentlich ohne Konsequenzen für dich bleibt. Was passiert, wenn sie den Freund anruft?" „Sie kennt seinen Namen und auch Adresse nicht", antwortete er wahrheitsgemäß. Ich werde mich über Handy bei ihr melden, das genügt ihr." Sie sah ihn fragend von der Seite an. „Bist du dir da so sicher?" Nein, natürlich war er sich nicht sicher, aber da Safina wieder zielsicher in einer seiner Wunden zu stochern begann, versuchte er das Thema mit einem Satz abzuschließen, der weitere Gespräche für die Zeit ihrer Reise ausschloss. „Lass das mal bitte meine Sorge sein, wir konzentrieren uns jetzt auf dich und das Ziel der Reise." „Welches Ziel bitte?" kam es sofort zurück. „Ich hatte gedacht, das wäre klar, oder ?" Er steuerte einen Parkplatz auf der Autobahn an, auf die sie gerade aufgefahren waren. Er musste austreten und schnallte sich ab. Dann wandte er sich ihr zu. „Fahren wir jetzt auf gut Glück, oder was machen wir? Was ist dein Ziel?" Den Unterton in seiner Frage hörte sie so, dass sie direkt darauf reagierte. „Also du musst jetzt nicht mit mir fahren, wenn dir das zu viel wird oder du genau wissen willst, was auf der Reise passiert. Ich weiß auch nicht, wie es werden wird, wenn wir vor Ort sind, ich weiß nur das Ziel unserer Reise auf der Landkarte. Tuzla und die nähere Umgebung. Das habe ich dir aber auch so gesagt." Er dachte an die Kommunikationsfallen, die er einmal in einem Seminar gelernt hatte. Offensichtlich hatte sie etwas gehört, was er so nicht gemeint hatte. Ihre Kommunikation war sehr sensibel, die Worte und Sätze, die er sprach, wurden von Safina sehr genau auf ihren Gehalt geprüft und manchmal für zu leicht befunden. Oder zu schwer, je nachdem, worum es ging. „Du findest, dass ich mit meinem letzten Satz unsere Reise in Frage stelle. Aber das tue ich gar nicht. Ich möchte nur noch genauer wissen, was du machen willst, wenn wir dort sind, schließlich ist es eine weite Reise." Safina schwieg eine Weile und stieg dann aus dem Auto. Sie nahm eine Zigarette aus einer Packung und begann, an das Auto gelehnt, zu rauchen. Er war erstaunt, er hatte sie noch nicht rauchen gesehen. Sie schien seine Frage zu ahnen und erklärte, dass sie das jetzt brauche, denn sie habe Angst vor dem, was sie in Bosnien erwarte. Deshalb könne sie ihm jetzt noch nicht genau sagen, wie sie sich dort verhalten werde, denn unter dem Einfluss von Angst sei sie unberechenbar. Mit dieser Antwort gab er sich erst mal zufrieden und suchte die Toilette auf.

Sie fuhren auf der Autobahn an München vorbei Richtung Salzburg, die Alpen lagen in rotem Abendlicht, und langsam senkte sich die Dämmerung über die Berglandschaft. Sie fuhren nicht schnell, Safina mahnte ihren Fahrer immer wieder, langsamer zu fahren. Jenseits von Salzburg fuhren sie in einen langen Tunnel der Tauernautobahn, vor sich eine lange Lichterkette von roten Rücklichtern. Sie bat um eine kleine Pause, jenseits des Tunnels hielten sie an einer Raststätte und suchten sich einen Tisch, um eine Kleinigkeit zu essen. Beide bestellten Currywurst mit Pommes. Robert lächelte Safina an, die sich mit herzhaftem Appetit über ihren Teller hermachte. „Ich wusste gar nicht, dass du sowas magst." Sie lächelte zurück. „Doch, als ich nach Deutschland gekommen bin, habe ich an den Imbissstuben gelernt, dass das so eine Art Nationalgericht für deutsche Männer ist. Curry, Pommes, Majo. Habe ich mir dann auch mal bestellt. Ist fett und ungesund, aber lecker". „Stimmt", gab er zurück, „ich habe das als Kind oft gegessen." Safina lachte, als er sich ein besonders großes Stück in den Mund steckte. „Du bist echt ein witziger Typ, auf der einen Seite Psychiater, aber nicht sehr konsequent in deiner Ernährung."

Er stimmte wiederum zu und spürte eine gewisse Erleichterung, dass sich ihre Stimmung besserte, denn in den letzten drei Stunden hatte sie schweigsam und bedrückt neben ihm gesessen und geradeaus auf die Straße gestarrt.

Ihr Blick wurde wieder ernst. „Ich habe über deine Frage nachgedacht, was ich am Ziel unserer Reise in Tuzla machen werde. Ich weiß es wirklich noch nicht, ich glaube, ich will einfach in die Gegend um Tuzla fahren, um zu sehen, wie es dort aussieht. Welche Spuren der Krieg hinterlassen hat, weil dort alles passiert ist, was wichtig in meinem Leben war. Dort liegt unser Dorf und auch der Ort, wo die Männer erschossen wurden. Ich möchte einfach spüren, wie ich mich dort fühle und meinen Erinnerungen nachgehen. Soweit ich das kann. Ich habe auch Angst davor." Sie ergriff seine Hand, was sie immer tat, wenn sie eine wichtige Botschaft an ihn aussandte. „Ich finde es toll, dass du mich begleitest und ich nicht allein fahren muss. Das rechne ich dir jetzt schon hoch an. Mal sehen, wie du mit mir klarkommst, wenn wir da sind." Sie drückte noch einmal fest zu, dann zog sie ihre Hand zurück.

Er wusste nicht so recht, was er darauf antworten sollte und versuchte es mit einem Satz, der ihr vielleicht gefallen würde. „Gut, es ist für uns beide ein Abenteuer, und ich finde es gerade spannend mit dir." Ein Sonnenstrahl huschte über ihr Gesicht und zauberte ein wunderbares Lächeln darauf. „Hätte ich nicht gedacht, dass ein Mann mal zu mir sagt, dass er es spannend mit mir findet. Spannend mit dir…." Sie wiederholte den Satz feierlich, als wolle sie ihn eine Weile meditieren. Er bezahlte, und sie bestiegen wieder das Auto. „Spannend mit dir…"

flüsterte Safina und legte ihren Kopf an die Seite, um zu schlafen. Er fuhr durch die Dunkelheit Richtung Klagenfurt und versuchte trotz Müdigkeit seine Konzentration zu behalten. Als Musik hörte er nun eine schwere Mahlersinfonie, die ihn ins Nachsinnen brachte. Warum bin ich so gebannt von ihrem Blick, ihren Sätzen, ihrem Wesen, dass ich ihr folge und quer durch Europa reise, ohne zu wissen, was dabei herauskommt. Das Gefühl, etwas Wichtiges und Sinnvolles zu tun, sich auf einen Menschen einzulassen, mit ihm auf die Spuren seines Lebens zu gehen einerseits. Andererseits der Zweifel und die Sorge, sich allzu weit von der Realität seines bisherigen Lebens zu entfernen. Beides war da und wühlte ihn mehr auf, als ihm lieb war.

In Klagenfurt angekommen, ließ er sich vom Navy zur Pension leiten, in einer kleinen Seitenstraße gelegen. Die schlafende Safina weckte er vorsichtig und hakte sie unter, um sie auf das gemeinsame Zimmer zu führen. Dort ließ er sie auf das Bett gleiten, sie rollte sich sofort zusammen und schlief weiter. Er zog sich aus, löschte die Nachttischlampe und dachte noch lange nach, bis ihn der Schlaf übermannte.

Kapitel 12

Nach einem kargen Frühstück in der Pension – es gab nur Marmelade in Plastikdöschen und angegilbten Käse, dazu

dünnen Kaffee - machten sie sich auf den Weg.

Sie fuhren über die Kamnisko Savinjske Alpen südlich von Klagenfurt Richtung Slowenien, zu der Autobahn, die über Ljubljana nach Zagreb führt. Sie waren sehr müde von der Nacht und ließen sich von der Landschaft beeindrucken. Robert saß am Steuer und fuhr den Wagen auf immer schmaler werdenden Straßen, die serpentinenartig auf die Höhe des Gebirgspasses führten. Er musste sich konzentrieren, immer wieder überfiel ihn Müdigkeit, aber Safina kam als Autofahrerin nicht in Frage, sie besaß keinen Führerschein. Der Himmel war bedeckt, ab und zu zeigten sich kleine Wassertropfen auf der Windschutzscheibe, als Folge von Sprühregen. Seit dem Frühstück hatten sie kaum ein Wort gewechselt, es herrschte eine eigenartige Stimmung zwischen ihnen. Bis zum Zielort Tuzla waren es noch ca. 350 km. Safina hatte darum gebeten, nicht zu spät anzukommen, damit sie sich im Haus der Familie ihres Onkels noch etwas einleben konnten. Auf der Höhe des Passes machten sie Rast und aßen von den Broten, die Safina für die Reise vorbereitet hatte. Sie saßen auf einem großen Felsen und blickten hinunter auf Österreich, das sie gleich hinter sich lassen würden. Robert überlegte, Safina zu fragen, warum sie nicht zu ihrer Mutter fuhren - der Vater war inzwischen verstorben- , die wohnte schließlich in der Nähe von Tuzla. Aber da er im Gefühl hatte, ein schwieriges Thema zu berühren, fragte er sie nach dem Onkel und seiner Familie. „Die sind eigentlich sehr nett, zu Miroslav hatte ich immer ein unkompliziertes Verhältnis. Er ist der Bruder meiner Mutter. Sie waren oft bei uns, manchmal war ich als Kind auch ein paar Tage da. Er hat mit mir immer schöne Sachen unternommen. Einmal ist er mit mir nach Zagreb zu einer Zirkusvorführung und in einen großen Vergnügungspark gefahren, das war toll. Sie haben zwei Kinder, die sind jetzt erwachsen. Lubana und Jan, beide sehr nett und sehr süß, als sie noch klein waren. Habe alle zuletzt vor drei Jahren gesehen, als Miroslav 60. Geburtstag hatte." Safina biss in ihr Käsebrot und trank einen Schluck Mineralwasser aus einer Flasche, die sie Robert weiterreichte. „Und wie willst du uns vorstellen?" fragte er. Safina sah ihn an und lächelte ihr Zauberlächeln. „Na, bestimmt nicht als frisch verliebtes Paar. Du bist ein guter Freund , der mich begleitet. Ganz normal." „Aha, ganz normal", echote er und trank aus der Flasche. „Du musst ihnen ja nicht gleich auf die Nase binden, dass ich Psychiater bin, wer weiß, was sie dann denken." „Meinst du vielleicht, sie könnten denken, dass ich nicht mehr alle Tassen im Schrank habe? Von mir aus sollen sie denken, was sie wollen. Für ein wenig verrückt haben sie mich schon immer gehalten. Und verrückt sind wir doch alle in unserer Familie, nach diesem Scheißkrieg." Mit einer heftigen Handbewegung warf sie die Reste ihres Brotpapieres in einen Papierkorb. Dann zog sie einen Fotoapparat aus ihrer Jackentasche und machte ein Foto von Robert. „Das schicke ich deiner Frau, die wird sich freuen". Sie lachte und drückte noch einmal ab. Robert erhob sich und entwand ihr den Apparat. „Sieh dich bloß vor." Sie rangelten um den Apparat, dann ruhten sie aneinander gelehnt. Safina hatte die Augen geschlossen und den Mund leicht geöffnet. Sie drückte sich etwas fester an ihn und blickte in seine Augen. „Ich mag dich, aber ich bin nicht in dich verliebt. Nicht dass du das falsch verstehst. Aber du darfst mich anfassen und umarmen, ich beiße nicht. Ich finde es schön, hier mit dir." Sie drückte seine Hand, um ihren Worten Nachdruck zu verleihen. „Komm, lass uns fahren, Diagnosti." Sie kicherte. „Das ist ein schöner Spitzname für dich als Psychiater. Diagnosti. Lass uns fahren." Sie zog ihn am Arm und führte ihn zum Auto. „Bosnien wird dir gefallen, ist ein schönes Land. Wenn es nicht soviel Leid gäbe dort." Er startete den Motor. Dann rollten sie die Straße hinab. „Diagnosti gefällt mir nicht, nur dass du es weißt. Aber danke trotzdem für deine lieben Worte," kam seine verspätete Reaktion. Sie drückte seine Hand. „Gerne. Bist du eigentlich etwas in mich verliebt?" Wieder eine von diesen Fragen, die so unvermittelt kamen wieder der Sonnenschein, der durch die Wolkendecke brach und der Landschaft ein leuchtendes Grün verlieh. Robert legte eine neue CD mit Jazzmusik ein. „Du stellst vielleicht Fragen. Erst sagst du mir ungefragt, dass du nicht in mich verliebt bist, und jetzt soll ich dir Auskunft über meine Gefühle dir gegenüber geben. Kann ich im Moment nicht." Safina schwieg eine Weile, um dann nachzusetzen. „Kannst du schon, willst aber nicht. Musst du auch nicht. Im Klartext: Du bist an mir interessiert, sonst würdest du mich nicht begleiten. Außerdem sehe ich es deinem Gesicht an. Das Gesicht spricht die Wahrheit, die Worte verdrehen sie nur." Robert gab auf einer langen Geraden Gas. „Du scheinst ja mehr über mich zu wissen, als ich selber weiß. Aber Verliebtsein fühlt sich anders an. Im Moment ist es eher Sorge um dich, und Interesse sicher auch. Aber mehr kann und möchte ich darin nicht sehen. Du sicher auch nicht." „Wieso nicht", kam es von rechts zurück, „ich bin frei und ungebunden. Ich bin geschieden, wenn du es genau wissen willst. Mein Ex-Mann wohnt noch in Sarajevo. Er ist übrigens auch Arzt, wie du."

Wieso erzählt sie mir das jetzt, fragte er sich. Will sie mir ihre ganze Geschichte erzählen, bevor wir in Tuzla ankommen? Oder mir demonstrieren, wie frei und unabhängig sie ist, damit er ja nicht auf dumme Gedanken kam? Natürlich, sie hatte ein Kind, und dazu gehörte ein Vater. Also ein geschiedener Arzt. Und was hatte das zu bedeuten? Natürlich konnte er diese Information nicht einfach übergehen. „Hast du dich von ihm getrennt, oder er von dir?"

Genauso hätte er auch fragen können, wer an der Scheidung schuld war. „Wenn du wissen willst, woran es gelegen hat: Ich konnte nach fünf gemeinsamen Jahren nicht mehr mit ihm leben. Unsere Ehe war tot, in mir keine Gefühle mehr, er hatte sie mit seinen Worten kaputtgeredet. Er war gemein, und auch kalt. Am Ende hat er mir die Worte im Mund umgedreht. Alles gegen mich verwendet. Ich frage mich, wie ich mit diesem Fremdling von Mann ein Kind bekommen konnte." Sie atmete tief durch und legte die Füße auf das Armaturenbrett.

„Eine Liebe beruht unter anderem darauf, dass Mann und Frau gute und schöne Worte zueinander sagen. Die ins Herz hineingehen und dort ein Feuerchen machen, das brennt und wärmt. Sowas nennt man dann wohl Sich verstehen oder Lieben. Davon war am Ende nichts mehr da. Meine Worte, meine Bitten, mein Flehen, mich zu verstehen, sind an ihm abgeprallt. Ich war wie in einem Gehäuse, wo die Worte umhergeflattert sind und nicht mehr hinausgefunden haben. Er hat seine Herzenstür zugemacht, und er hat es immer verstanden, mir das Gefühl zu geben, ich sei schuld." Er bog gerade auf die

Autobahnauffahrt Richtung Lubljana, als Safinas Stimme eine Lautstärke erreichte, die ihren Zorn verriet. „Weißt du, was das schlimmste ist? Wenn ein Mensch, den du mal geliebt hast oder noch liebst, dich nicht mehr hören will. Schon gar nicht verstehen. Wenn er dir immer wieder sagt: „Du weißt nicht, was du da redest." Wenn ich ihm gesagt habe, dass ich verzweifelt bin und so nicht mehr mit ihm leben kann. Oder er mit kaltem Lächeln sagt: „Dann geh doch". Das ist wie ein Messer in der Seele". Robert traute sich nicht, sie zu unterbrechen. Sie war auch so nicht zu bremsen, war am Kern ihrer Wut. „Seine schneidigen Worte haben nicht nur an meiner Seele geritzt, sondern richtig hineingeschnitten. Worte, die kalt waren wie Eis und hart wie Stahl. Nur sachlich. Ich war ihm egal. „So ist das, Safina, wenn man alles kaputt macht und nicht mehr nachdenkt, du musst wissen, was du tust. Und die Konsequenzen bedenken." So hat er geredet. Und das waren die Konsequenzen: Ich bin mit Marica aus dem schönen Haus am Rand der Stadt ausgezogen. Er hat dabei keinen Finger gerührt, und auch keinen Unterhalt gezahlt. Soviel dazu, ich musste dir das noch erzählen." Er hörte ein kleines Schnaufen. "Worte können viel verderben zwischen Menschen. Wenn das Herz kalt ist und die Gefühle verdorben, kein Wort mehr etwas in dir berührt." Ihre Worte bewegten sein Herz, ihre Offenheit und die ungeschminkte Art, wie sie ihr Ehedesaster darstellte. Worte, die nicht mehr durchkamen, weil eine Wand zwischen zwei Menschen stand. Eine völlig verschiedene Art zu reden. Ach ja, das kam ihm bekannt vor. Worte können viel verderben. Vielleicht hatten seine Worte auch viel verdorben, und seine Ehemisere stand noch bevor. Er wollte jetzt nicht daran denken und fluchte, als ihn ein Lastwagen kurz vor einer Ausfahrt schnitt. „Ich habe viel aus dem allen gelernt, auch wenn es schwer und hart war, allein durchzukommen. Aber ich habe es geschafft. Und ich werde nur noch mit einem Mann leben, der eine zärtliche Sprache spricht, und der gut zuhören kann. Der seine Worte sorgsam abwägt, bevor er sie ausspricht. Der mich nie verletzt und mir das Gefühl gibt, ich sei eine dumme Frau. Das bin ich nicht." Safina war so sehr mit ihrem kleinen Vortrag über Liebe und die Bedeutung der Worte beschäftigt, dass sie seine Ausweichmanöver gar nicht mitbekam. Ständig scherten Autos vor Robert nach links und rechts. „Verdammt, fahren die in Bosnien alle so wie die Henker? Die sind ja total rücksichtslos." Er entschied, erst einmal einen Parkplatz anzufahren. Er machte den Motor aus und atmete tief durch. „Ich bin im Moment zu müde für diesen Wahnsinn, muss mich erst mal ein bischen ausruhen." Safina legte ihre Hand auf seinen Arm, der noch auf dem Lenkrad ruhte. „Möchtest du etwas zu essen oder zu trinken?" „Ja, vielleicht ein Brot." Sie reichte ihm eine von den Salamischnitten. Er kaute darauf herum, lieber wäre ihm eine ordentliche Portion

Pommes gewesen. Aber ein Rastplatz war nicht in Sicht. „Wie weit ist es noch?" fragte sie, und er schaute auf sein Navy. „Noch etwa 200 km. Das können wir in 2 Stunden schaffen. Ich werde langsamer fahren, habe keine Lust auf diese Raserei."

Die Sonne hatte sich jetzt durchgesetzt, es wurde wärmer. „Komm, lass uns an den Tisch da gehen". Er zeigte auf einen großen Steintisch, der direkt an ihrer Parkbucht stand. Sie stiegen aus und setzten sich. Safina blinzelte in die Sonne und schaute so entspannt aus, wie er es noch nie gesehen hatte.

„Vielleicht haben wir Glück und können uns in Tuzla in die Sonne legen. Ein wenig Urlaub machen. Man kann da auch im See schwimmen, der ist ganz in der Nähe vom Haus meines Onkels." Robert nickte. „Ja, wäre nicht schlecht, ich fühle mich immer noch unter Strom. Die Klinik war anstrengend, wahrhaft kein Urlaub. Ich muss auch Zeit haben zum Nachdenken, wie es bei mir weitergeht." Safina schaute ihn ernst und teilnahmsvoll an. „Und was denkst du gerade?" Er überlegte, wie er von seinem Leben wieder auf ihres lenken konnte, ihre Worte über die Liebe schienen ihm wesentlich, und er hatte das Gefühl, sie könnte ihm weiterhelfen mit dem, was sie über ihre Ehe gesagt hatte. Sie war wirklich nicht dumm. Er hatte viel in Büchern gelesen über Liebe und Ehe, die richtige und falsche Kommunikation, die Unterschiede zwischen Mann und Frau. Aber das hatte ihm alles nicht sehr viel geholfen in seinem Privatleben. Es war Lehrbuchwissen , und er konnte es nicht wirklich umsetzen. Er knüpfte an einen Satz an, der bei ihm hängengeblieben war. „Sag mal, wie meinst du das, ein Mann, der zärtlich redet? Das hast du eben gesagt. Mir wirft Meike immer vor, ich könne nicht über meine Gefühle reden, und mir fehle der Sinn für Poesie. Ich habe mich immer gefragt, was sie damit meint, ich habe es nicht herausgefunden. Und du redest jetzt so ähnlich. Was heißt zärtlich reden?" Safina nahm seine Hand und legte sie an ihre Brust. „Was zärtlich reden heißt? Das heißt vorsichtig liebevoll reden. Weil die Worte hier reingehen." Siedrückte seine Hand fest an ihre Herzgegend. „Und da wirken sie lange nach. So wie die Töne in der Musik. Da gibt es die schönen und weniger schönen Töne, die schwingen. Misstöne und Harmonien. Du musst herausfinden, was Harmonien sind in deinen Worten. Und was Misstöne sind, die wehtun und die Stimmung verderben.

Wenn du jetzt zum Beispiel sagst: Du siehst in der Sonne so schön aus, wie eine leuchtende Tulpe auf einer Wiese. Ich sehe dich so gerne an, wenn du blühst und es dir gut geht. So etwa. Das sind Worte, die schöne Gefühle machen. Aber weißt du was mein Mann gesagt hätte, wenn er hier wäre? Er hätte auf seine Uhr geschaut und gesagt: „Es ist schon spät, lass uns fahren." Alles musste immer so funktionieren, wie er es sich vorgestellt hatte. Immer arbeiten, keine Zeit für schöne Dinge und Worte. Und Geld verdienen ist wichtiger als alles andere. Daran ist unsere Liebe gescheitert." Sie nahm einen Schluck aus der Flasche mit Mineralwasser. „Deshalb

bin ich auf der Suche nach einem Mann , der Zeit hat, dem Gefühle wichtiger sind als Zeit und Geld. Der schöne Worte sagt, und mir damit Freude macht. Der dazu Lust hat, weil er es auch so mag." Sie drehte den Verschluss auf den Flaschenhals und schaute ihn herausfordernd an. „Vielleicht bist du ja so einer. Der Lust auf die schönen Seiten des Lebens hat. Der sich Zeit nimmt, um etwas Besonderes zu erleben. Und wenn du das genießt, wirst du auch schöne Worte sagen können. So wie gestern, als du gesagt hast: „Es ist spannend mit dir."

Er schwieg und war einfach nur verblüfft von ihrer Art zu reden. Sie stiegen wieder ins Auto und traten die Reststrecke ihrer Reise an, Tuzla kam näher, wie die Schilder anzeigten. Er legte eine neue CD ein, diesmal Akkordeon solo, gespielt von der Griechin Katharina Lekke, die er neulich im Radio gehört hatte. Wegen seiner Vorliebe für griechische Musik hatte er sie gekauft. Die Musik war etwas wehmütig, aber sehr schön. Gerade lief ein Stück von Theodorakis, als Safina sich äußerte: „So zärtlich wie diese Musik, so sollten die Worte von Männern und Frauen, die sich mögen, zueinander sein. Wäre das schön." Sie begann mitzusingen, und auch er konnte nicht widerstehen und sang mit, was sonst nicht seine Art war. Es war ein kleines Duett, und Safinas klarer Sopran übertönte seine ungeübte Bassstimme. So fuhren sie singend dem Sonnenuntergang und Bosnien entgegen.

Kapitel 13

Nach Sonnenuntergang kamen sie endlich in Tuzla an, und sie fuhren Richtung Ortsmitte durch immer enger werdende Straßen. Am Straßenrand parkten verstaubte Autos, und auch von den historischen Gebäuden im Stadtkern blätterte der Putz ab. Die Häuser waren schlicht und einfach gebaut, überall sah man an den Balkons große Kübel mit frischen Blumen. Safina zeigte ihm einen Platz, der eine Art Treffpunkt im Stadtkern zu sein schien, viele Menschen hielten sich dort auf, ältere Männer saßen auf Bänken mit Spazierstöcken in der Hand, Jugendliche standen in kleinen Gruppen zusammen und tranken aus Dosen. „Hier habe ich als junges Mädchen oft mit Freundinnen gesessen, am Wochenende, da sind wir manchmal mit dem Bus in die Stadt gefahren oder mitgenommen worden. Dann haben wir hier gestanden, Musik gehört, getrunken bis spät abends. Später bin ich zu meinem Onkel und habe dort geschlafen. Das war noch vor dem Krieg. Das war schön.

Ja, da hat noch keiner an das gedacht, was dann kommen würde, wenige Jahre später."

Sie fuhren durch die Stadt hindurch und gelangten in eine kleine Siedlung mit Einfamilienhäusern am Stadtrand. Safina zeigte auf ein hellblaues kleines Haus, dessen Farbe sehr verwaschen wirkte. „Hier wohnt mein Onkel. Er spricht übrigens gut Deutsch, hat eine Weile bei Stuttgart auf Montage gearbeitet." Sie parkten vor dem Haus, das von einem Garten mit üppigen Stauden und kleinen Obstbäumen umgeben war. Im Hof lagen Spielsachen und Kinderfahrräder herum, zwei kleine Hunde kamen schwanzwedelnd und bellend auf sie zu. Ein frei laufendes Huhn machte sich laut gackernd davon. Dann öffnete sich die Tür, und ein braungebrannter, gut aussehender Mann trat vors Haus. Freudestrahlend liefen Safina und er aufeinander zu und umarmten sich lange und ausgiebig. „Mein Gott, du bist es tatsächlich. Wie schön, dich wiederzusehen." Die freudige Begrüßung schien Safina gut zu tun, sie strahlte und tanzte ein wenig um ihren Onkel herum, als hätten die beiden schon früh miteinander die Leichtigkeit des Seins entdeckt. Dann fiel der Blick des Onkels auf ihn. „Das ist Robert, ein Freund aus Deutschland", erklärte Safina, „er begleitet mich, damit ich nicht so viel allein bin. Er ist heute den ganzen Tag gefahren. Er weiß jetzt, wie verrückt sie bei uns Auto fahren." Der Onkel lachte. „Jaja, so ist das". Er ging auf Robert zu und gab ihm die Hand.

„Herzlich willkommen. Ich bin Miroslav. Alle nennen mich Miro. Kommt erst mal rein." Er führte sie ins Haus, und eine Frau mit langen schwarzen Haaren und dunkelbraunen Augen kam auf sie zu. Sie breitete die Arme aus, in die sie Safina schloss. Lange und innig dauerte diese Umarmung, beide Frauen hatten offensichtlich eine enge Verbindung. Als sie sich von Safina gelöst hatte, stellte der Onkel Miro seine Frau als Roberta vor. Sie blickte etwas verwundert auf Robert, wusste offenbar nicht so recht, mit wem sie es zu tun hatte. Safina löste die Spannung und stellte Robert vor, dem das ganze etwas unangenehm wurde. „Schön, dass ihr da seid", sagte Roberta in bosnischer Sprache, Safina übersetzte. Sie besaß eine natürliche und sehr erotische Ausstrahlung, die sich mit Safinas Anmut paarte und eine besondere Präsenz beider Frauen in dem Flur, in dem sie standen, schuf. Sie wies auf ein Zimmer, in dem ein reich gedeckter Tisch stand. Sie nahmen Platz und aßen zu viert. „Unsere Kinder sind noch unterwegs, sie kommen später", erklärte Onkel Miro die leeren Plätze. „Jetzt haben wir noch etwas Ruhe, das sollten wir ausnutzen . Kommt, esst, ihr habt bestimmt Hunger nach der langen Reise." Schüsseln wurden herumgereicht mit dampfenden Kartoffeln, die nach Rosmarin dufteten, dazu Salate mit viel Tomaten und Gurken, schließlich noch große Stücke gebratenes Fleisch, verschiedene Sorten, Lamm, Schwein und Rind. Alles sehr gut und stark gewürzt, fand Robert, es erinnerte ihn an griechische Küche. Dazu passten auch die großen Weißbrotstücke und der kühle Weißwein, der ein wenig geharzt schmeckte, wie Retsina . Sie aßen genussvoll und schweigend, als sei es ein stilles Übereinkommen, dass beim Essen nicht geredet werden durfte. Aber das sollte sich sehr bald ändern.

„Was habt ihr vor?", fragte Miroslav, nachdem er einen großen Schluck Wein getrunken hatte, und blickte Robert erwartungsvoll an, als sei klar, dass er antworten würde. Safina, die die Frage an sich gerichtet sah, legte ihr Besteck beiseite und lehnte sich entspannt zurück. Sie ließ sich natürlich wieder Zeit mit ihrer Antwort. „Morgen werden Robert und ich uns erst mal Tuzla ansehen und vielleicht die nähere Umgebung. Dann werden wir mal weitersehen. Wie lange können wir bei euch bleiben?" fragte sie und blickte ihren Onkel erwartungsvoll an. „Natürlich solange ihr wollt. Ihr wisst ja, wir haben Platz genug und freuen uns immer über Gäste. Und wir haben uns ja so lange nicht gesehen." Roberta nickte zustimmend, hob ihr Glas, und sie prosteten sich zu. Robert war erleichtert, dass der erste Abend gleich entspannt verlief in diesem für ihn fremden Land und nutzte die Gelegenheit, sich für die freundliche Aufnahme zu bedanken. „Na, wo sind die Blumen", fragte Safina scherzhaft, Robert fand das etwas unangenehm und zog sich aus der Affäre, indem er auf den nächsten Tag verwies. Sie unterhielten sich noch eine Weile über dies und das, natürlich interessierten sich Miroslav und Roberta besonders für Safinas Situation in Deutschland und den Stand ihres Aufenthaltes. Safina erzählte und erwähnte nebenbei, dass sie derzeit überlege, sich für eine Weile in Bosnien aufzuhalten, um mit ihrer Tochter zusammen zu sein und ihre Mutter und Verwandten aufzusuchen, Spuren ihrer Vergangenheit zu erkunden. Ihren Klinikaufenthalt ließ sie unerwähnt, damit auch, wie und wo sie Robert kennengelernt hatte. Inzwischen brannten Kerzen auf dem Tisch, es war gemütlich, und sie tranken den Wein, der in zwei großen Karaffen auf dem Tisch stand, vollständig aus. Als sich die Müdigkeit bemerkbar machte und die Gesprächsfäden dünner wurden, suchten Robert und Safina ihre Betten auf, natürlich in getrennten Zimmern. Dafür musste eins der Kinder sein Zimmer räumen. Robert fand sich in einem Zimmer mit rustikalen Möbeln, Blümchentapete und weißer Bettwäsche wieder. Er sank ins Bett und schlief sofort ein.

Kapitel 14

Safina hatte in der Nacht einen Traum, eine Erinnerung aus ihrer Kindheit. Es war auf einer Dorfhochzeit, sie war dort und half die zahlreichen Gäste zu bewirten. Die Dorfkapelle spielte, es herrschte eine fröhliche Stimmung. Das Hochzeitspaar, jung und schön, tanzte zur

Musik, und nach und nach erhoben sich die Gäste und paarten sich ebenfalls zum Tanz. Safina rannte in ihrem weißen Festkleid hin und her, trug Speisen und Getränke auf, die sie durch die Reihen der Tanzenden balancierte. Irgendwann war es genug, und sie konnte sich hinsetzen und ausruhen. Natürlich setzte sie sich in die Nähe der Kapelle, die unentwegt ihre Balkanmelodien schmetterte und die Tanzenden zu schnellen Rhythmen antrieb. Safinas Blick fiel auf einen jungen Mann, der Klarinette spielte. Sie hatte diesen jungen Mann schon öfter gesehen, und seine weichen Gesichtszüge und zurückhaltende Art, sich unter Menschen zu bewegen waren ihr sehr angenehm aufgefallen. Einige Male hatte sie den Eindruck, dass er sie in Momenten ansah, wo sie sich unbeobachtet fühlte. Sein warmer Klarinettenton, mit dem er sich in den Sound einfügte, und seine hübsche Gestalt ließen ihr Herz schneller schlagen, und sie wartete auf eine Gelegenheit, ihm an diesem Abend näher zu kommen. Diese ergab sich schon bald. In einer Pause begaben sich die Männer zur Toilette, und auch der junge Mann musste austreten. Safina huschte an die Rückseite der Toilette und wartete, bis er herauskam. Dann lockte sie ihn unter einem Vorwand hinter eine der großen Dorfscheunen, und sie waren endlich unbeobachtet. Nach kurzem Gespräch kam es zum ersten leidenschaftlich Kuss, Safina stellte sich mit geschlossenen Augen vor ihn, und er machte bereitwillig das, wonach sich sie zutiefst gesehnt hatte, nachdem sie oft die Paare, schmusend und turtelnd, in ihrer Umgebung beobachtet hatte. Safina spürte die wonnigen Wellen der Erregung in ihrem Körper, und sie überließ sich lange den Zärtlichkeiten und innigen Berührungen ihres ersten Liebhabers an diesem lauen Sommerabend hinter der Dorfscheune.

In diesem schönsten Moment des Traumes erwachte Safina, und ihr ganzer Körper war Sehnsucht und Begehren. Sie überließ sich eine Weile ihrer Phantasie, stellte sich vor, wie es an dem Abend hätte weitergehen können. Wenn sie mit dem jungen Mann in die Scheune gegangen wäre, er sie ausgezogen und sie zum ersten Mal zum Objekt des heftigen, leidenschaftlich und drängenden Begehrens eines Mannes geworden wäre.

Dazu war es nicht gekommen. Jetzt aber spürte sie ihre Sehnsucht nach körperlicher Nähe. Sie dachte aber auch an den Krieg und das brennende Haus, und ihre Erregung verschwand sofort. Stattdessen stellte sich wieder dieses dumpfe, unangenehme Angstgefühl ein, unter dem sie schon lange litt. Deswegen hatte sie auch die Sexualität mit ihrem Mann nie genießen können, was er ihr schließlich vorgeworfen hatte, nachdem er am Anfang noch Verständnis aufbrachte , wissend um ihre Vergangenheit. Sie müsse darüber hinwegkommen, und wenn nicht, solle sie doch Therapie machen. Das hatte sie sehr verletzt. Einen Moment überlegte sie, zu Robert ins Bett zu kriechen, sich einfach in seine Arme zu legen. Schnell verwarf sie diesen Gedanken wieder. Sie wollte ihn nicht zu sehr in Verlegenheit bringen, war froh, dass er überhaupt in ihrer Nähe war. Sie streifte ihren MP3-Player über den Kopf, schaltete auf Brahms Violinsonaten, die sie sehr liebte, und schlief bald wieder ein.

Kapitel 15

Am nächsten Morgen erwachte Robert, die Sonne fiel ins Zimmer. Schnell stand er auf, zog sich an und ging eine Treppe tiefer Richtung Wohnzimmer. Die Tür war noch verschlossen, er hörte Stimmen und ein Lachen, vorsichtig

klopfte er. „Komm rein", kam es von drinnen. Safina kam auf ihn zu, sie wirkte freudig erregt, nahm ihn in den Arm und führte ihn zu dem reich gedeckten Tisch, an dem Miroslav und Roberta saßen und es sich schmecken ließen. Das Essen schien in bosnischen Familien eine große Bedeutung zu haben, dachte Robert. Er verspürte nach dem reichen Mahl vom Vorabend noch kaum Hunger und nahm sich erst einmal eine große Tasse Kaffee. Safina betrachtete ihn, sie schien ihn an diesem Morgen mit ihren Augen zu durchdringen, als wolle sie sein Inneres genau erkunden. „Na, wie hast du geschlafen?", fragte Miroslav unvermittelt, das Du war so selbstverständlich wie die gastfreundliche Aufnahme eines Mannes, der für seine Nichte im Moment eine wichtige Bedeutung zu haben schien. „Recht gut. Ich habe ein wenig wachgelegen, vielleicht weil ich zu viel Wein getrunken habe. Aber das macht nichts." Miroslav schien das zu verstehen und nickte freundlich. „Der Wein ist wichtig für uns, in Bosnien gibt es viel und guten Wein. Bei uns wird immer Wein zum Essen getrunken, außer zum Frühstück." Er lachte und blickte zu seiner Frau. „Roberta muss dir unbedingt die Weinstöcke zeigen, die am Hang hinter unserem Garten wachsen, und du musst ihn probieren. Vor allem den roten, er ist so lieblich wie ein hübsches Mädchen. Heute Abend zeige ich dir Bilder von Safina, als sie noch ein junges Mädchen war. Hübsch ist sie immer noch, aber nicht mehr ganz jung." Wieder lachte er, als müsse er mit seinem Lachen demonstrieren, dass in seinen Worten Humor lag und man seine Worte nicht zu ernst nehmen müsse. Safina schien nicht ganz so amüsiert, konterte aber souverän, indem sie darauf hinwies, dass Miroslav auch nicht mehr der jüngste sei. Dies wurde unwidersprochen hingenommen, und die Runde widmete sich wieder dem Frühstück, in der nun eintretenden Stille fiel Robert das laute Vogelgezwitscher vor dem Fenster auf.

Nach dem Frühstück fuhren Safina und er in die Stadt. Da es Samstag war und das Wochenende vor der Tür stand, musste eingekauft werden. Sie parkten an einem kleinen Park, durch den man in die Innenstadt gelangte. Zielsicher steuerte Safina mehrere Läden in einer Marktpassage an, unter deren Dach sich viele kleine Läden befanden, in Nischen und mit nackten Glühbirnen beleuchtet. Es herrschte großes Gedränge, vor allem beleibte Frauen mit Kopftüchern bevölkerten den Markt. Safina kaufte etwas Fleisch, das von großen bereitliegenden Stücken mit scharfem Messer abgetrennt wurde, viel Gemüse, vor allem Paprika und Tomaten, Reis und etwas Obst. Alles verstaute sie in Plastiktüten, einen Teil davon reichte sie an Robert weiter. Es war ziemlich laut, die Händler priesen mit kehligen Stimmen ihre Ware an. „Komm, lass uns hier weggehen und die Sachen zum Auto bringen, dann können wir uns die Stadt ansehen", schlug Safina vor. Nachdem sie das erledigt hatten, verlangsamten sie ihr Tempo und schlenderten durch die Straßen und Gassen der Stadt.

Neben den vielen kleinen Läden und bunten Stoffen, die auf Ständern vor ihnen den eher grau gestrichenen Häusern ein farbenfrohes Aussehen verliehen, fiel Robert auf, dass es viele kleine Türme gab, die wie Minarette aussahen. Schon in der Frühe hatte er das Rufen der Muezzins gehört, die über die Dächer der Stadt hallten, und war vermutlich davon aufgewacht. Er fragte Safina, ob die meisten Menschen hier Muslime seien, das hatte er schon in den Zeitungsberichten über den Bosnienkrieg gehört. „Ja, das ist so. Du hast ja eben die vielen Frauen mit den Kopftüchern gesehen. Es gibt hier mindestens fünf Moscheen in Tuzla, an der größten kommen wir gleich vorbei." Safina zeigte auf ein großes, rundliches Gebäude mit einer Kuppel, an dem viele Mosaiksteine angebracht waren und vor dem ein großer Platz lag, auf dem sich überwiegend Männer aufhielten. Als erwarte sie die Frage, welcher Religion sie denn angehöre, klärte sie Robert auch gleich darüber auf. „Auch ich bin eine Muslima. Allerdings gehe ich nur selten in die Moschee, und an islamische Regeln halte ich mich kaum. Außer Ramadan, da machen wir alle mit. Ein Kopftuch trage ich auch nicht, wie du siehst." Sie zeigte auf ihr schwarzes Haar, das in der Sonne leuchtete. Robert sah sie an und spürte, dass er nahe an dem Gefühl des Verliebtseins war, das er am Vortag noch von sich gewiesen hatte. So schön wie unter der Sonne von Tuzla war ihm Safina noch nicht vorgekommen, sie schien in ihrer Heimat aufzublühen. „Du eine strenge Muslima, das kann ich mir auch gar nicht vorstellen. Vor dir hätten die strengen Männer wahrscheinlich Angst. Eine lebensfrohe Musikerin, das passt doch nicht in eine Moschee, oder?" Safina lachte und behielt ihre Antwort für sich, und sie zogen weiter.

Die mittagliche Hitze drückte nun in die engen Gassen und Straßen, die Menschen flüchteten in den Schatten und saßen oder standen in schattigen Hauseingängen oder unter kleinen Bäumen am Straßenrand. Es herrschte lebhaftes Geplauder, die Straßen füllten sich langsam mit Menschen, einige zogen mit Tüten schwer beladen Richtung Haus oder Wohnung, andere standen da und unterhielten sich. Einige gut erkennbare Touristen fotografierten unentwegt, machten entweder Portraits oder Aufnahmen von historischen Gebäuden. Sie gelangten auf einen großen Platz, auf dem Tische und Stühle standen, einfache Plastikstühle und kleine runde Metalltische. Safina zog Robert zu einem Tisch, der unter einem großen schattenspendenden Baum stand. „Komm, lass uns hier einen Kaffee trinken und etwas verweilen. Auf diesem Platz habe ich oft als Kind gesessen. Hallo." Safina grüsste eine Frau, die sofort auf sie zugestürmt kam. „Hei, was machst du denn hier. Haben wir uns lange nicht gesehen." Die beiden Frauen umarmten sich herzlich, Safinas Bekannte nahm an ihrem Tisch Platz, und es entstand eine lebhafte Unterhaltung zwischen den beiden. Robert trank seinen Kaffee und beobachtete die beiden. Irgendwie hatte sich Safina seit gestern verändert, sie schien zu Hause angekommen, in ihrer vertrauten Umgebung, wo Menschen sie kannten und sich freuten, wenn sie kam. Er fragte sich, warum sie nach Deutschland gegangen war, wo doch jetzt in Bosnien

Frieden war, zumindest schien es so. Außerdem war ihre Kultur und Religion hier verwurzelt, und dass Safina eigentlich hierhin gehörte, leuchtete ihm unmittelbar ein. Aber der Schmerz über Vergangenes hatte sie aus ihrem Land vertrieben, und er wollte nicht an diesen Schmerz rühren, sondern verstehen lernen, was dieses Land für Safina bedeutete und wo sie eigentlich herkam.

Nachdem ihre Bekannte verschwunden war, wandte sich Safina wieder Robert zu und seufzte. „Ach, weißt du, es ist so schön, hier wieder Leute zu treffen, die ich von früher kenne. Aber die Zeit ist vorbei, und sie wird auch nicht wiederkommen." Gedankenverloren blickte sie zu einer Moschee, die am Ende des Platzes stand. Sie war recht unscheinbar und fiel nur auf wegen ihres spitz zulaufenden Minaretts. „Es hat für mich schon eine Bedeutung, dass ich Muslima bin. Der Islam ist mit der Geschichte meines Volkes verbunden. Es gab Zeiten, da sind Menschen für ihre Religion gestorben. Und in diesem Scheißkrieg standen plötzlich orthodoxe Christen aus Serbien gegen Muslime aus Bosnien, Menschen, die jahrzehntelang friedlich zusammengelebt haben. Wahnsinn. Und diese verdammten serbischen Milizen haben ganze muslimische Dörfer angezündet und zusammengeschossen. Am schlimmsten war es in Srebrenica.

An einem einzigen Tag sind über 8000 meist junge Männer gestorben, und sie haben sie in Massengräbern verscharrt. Einige von diesen Schlächtern laufen immer noch frei rum. Das kann ich nicht begreifen. Warum nur?" Sie machte eine Pause, und Robert sah, dass ihr die Tränen kamen, und auch er spürte einen Kloß im Hals. Sie saßen auf einem Platz in einer Stadt, in einem Land, über dem die Schatten der Vergangenheit schwebten. Da konnte auch die schönste Sonne nichts ändern, und in die Köpfe und Herzen vieler Menschen in dieser Stadt waren die Schatten eingezogen und hatten das Leben und die Freude daran verdunkelt, dachte Robert. „Das alles tut mir wahnsinnig leid, Safina, wirklich." Safina blickte ihn warmherzig an und ergriff seine Hand. „Du kannst ja nichts dafür. Aber du sollst wissen, dass ich eine bosnische Muslima bin. Das spüre ich meist, wenn ich wieder an den Orten meiner Kindheit bin. In Deutschland hat es leider keine Bedeutung." Am Nebentisch zankten sich ein paar Jungen um Teilchen, die die Mutter dort für sie hingelegt hatte. Nach einer Weile zischte ihre Mutter ihnen ein Wort zu, das sie sofort zum Schweigen brachte. Safina amüsierte sich offensichtlich und flüsterte Robert ins Ohr:"Weißt du, was sie zu ihren Kindern gesagt hat? Arschlöcher. Die Frauen können ziemlich aggressiv zu ihren Kindern sein, bei ihren Männern trauen sie sich nicht. Bei meiner Mama Serba war das auch so. Wir müssen sie unbedingt besuchen, morgen oder übermorgen vielleicht."

Robert nickte und bestellte sich ein Bier. „Pass bloß auf, bei der Wärme haut das ziemlich rein", bemerkte Safina. „Ich trinke in kleinen Schlucken", versprach Robert. „Du sagtest eben, dass dir dein Glaube etwas bedeutet. Erzähl mir mehr davon", bat er sie. Sie nickte und trank einen Schluck Kaffee.

„Als Kind hat mich mein Vater öfter in die Moschee mitgenommen. Ich musste hinten sitzen, vorne war nur für die Männer erlaubt. Verstanden habe ich auch nicht viel. Aber die Gesänge des Imam haben mich beeindruckt. Auch das Gebetsgemurmel und die gebeugte Haltung der Männer. Nach dem Freitagsgebet waren die Männer immer noch Tee trinken, und wir Kinder haben gespielt und die Männer haben uns angelächelt und oft ein Stück Schokolade geschenkt." Sie machte eine kleine Pause und wurde wieder ernst. „Mein Exmann und seine Familie haben sich oft über den Islam abfällig geäußert. Das sei eine Religion der Volksverdummung, haben sie gesagt. Alle müssten sich an bestimmte Vorschriften halten, und nur Männer hätten zu sagen. Das stimmt gar nicht. Mein Ex- Mann war mal Christ , aber seine Religion kümmert ihn gar nicht. Ich habe ihm öfter gesagt, wenn ich bei seiner Familie war, sie sollten aufhören, so negativ über meine Religion zu reden. Aber das hat sie überhaupt nicht interessiert. Ich sollte froh sein, in einer Familie verheiratet zu sein, die nicht streng religiös sei, dann müsste ich wenigstens kein Kopftuch tragen und still sein, wie bei den Muslimen die Frauen still sein müssten. Das stimmt überhaupt nicht, habe ich dann gesagt, aber sie haben nur dumm gelacht und ihren Schnaps getrunken. Betrunken waren sie oft, mein Mann und seine Brüder oder Schwäger." Safina blickte düster. „Sie haben mir keinen Respekt erwiesen, das ist das Schlimme. Auch wenn mir eine Religion fremd ist, ich muss respektieren, wenn einem Menschen sein Glaube etwas bedeutet. Aber mein Mann hat es abgelehnt, mal mit mir in eine Moschee zu gehen. Einfach nur, um sie sich anzusehen oder etwas Neues über den Islam zu erfahren. Es hat ihn nicht interessiert. Für ihn war der Islam eine Religion zweiter Klasse. So hat er auch die Menschen gesehen. Und mich. Menschen zweiter Klasse, minderwertig." Sie lachte bitter. „ Das war auch ein Grund für diesen Krieg. Menschen, die sich für besser halten, ziehen gegen Menschen, die sie für minderwertig halten, in den Krieg und nehmen ihnen ihr Land weg, töten Männer, Frauen und Kinder. Was für ein Irrsinn! Ich bin eine stolze Muslima geblieben. Ich habe oft zu Allah gebetet, dass er meinen Mann und seine Ansichten ändern möge. Leider hat es nicht geholfen. Aber meinen Glauben habe ich trotzdem nicht verloren. Ich habe mit Allahs Hilfe einen anderen Weg gefunden. Und du? Glaubst du an Gott? Bist du Christ?" Robert wand sich verlegen auf seinem Stuhl und spülte die Antwort mit dem nächsten Schluck Bier hinunter. „Offiziell ja, ich bin noch Mitglied der Kirche. Aber so richtig glaube ich nicht an Gott. Dafür habe ich zu viele traurige Geschichten in meinem Beruf gehört. Aber davon erzähle ich dir ein anderes Mal. Nicht jetzt." „Gut, ich werde darauf zurückkommen, du bist mir noch etwas schuldig", stellte Safina fest. „Komm, lass uns gehen, sie warten auf uns mit dem Essen." Sie erhoben sich, tranken aus und machten sich auf den Weg durch die Stadt, die jetzt voller Menschen war.

Kapitel 16

Sie lag wieder auf dem schmalen Bett in dem dunklen Raum, es war dunkel, so dunkel, dass sie nur ahnte, wo sich Tür oder Fenster in dem Raum befanden. Sie hatte das Gefühl, dass ihre Arme und Beine gebunden waren, sie wusste es nicht genau, es fühlte sich so an. Sie fühlte sich wie gelähmt, und die Angst kroch durch ihren Körper und griff nach ihrem Herz, das heftig schlug. Draußen war es absolut still. Oder doch nicht? Ein leises Scharren an der Hauswand drang an ihr Ohr, und es verstärkte ihre Angst. In diesen Momenten hatte sie das Gefühl, wahnsinnig zu werden. War sie verrückt? Warum lag sie in diesem finsteren Raum, auf einem Bett, von dem sie sich nicht fortbewegen konnte. Verzweifelt versuchte sie einen Zusammenhang herzustellen zwischen ihrer Situation und der Vergangenheit, versuchte sich an etwas zu erinnern, eine Erklärung zu finden. Es fiel ihr nichts ein, und die Furcht, dass etwas in ihr zerrissen war, das sie mit der Wirklichkeit verband, ergriff ihre Seele. Es passierte ihr, und sie konnte sich nicht dagegen wehren. Irgendwann würde sich diese verdammte Tür öffnen, und es würde eine Gestalt in ihr Zimmer treten, die alle Macht der Welt hatte, ihr weh zu tun oder sie zu töten. Weil sie für jemanden eine Bedrohung darstellte. Weil sie etwas wusste, was sie nicht wissen durfte. Weil sie einfach weg musste, aus diesem Leben, das sie nicht mehr in der Hand hatte und das sie ausgeschlossen hatte. In diesen dunklen Raum verbannt hatte, in dem sie mit ihrer Angst allein war und den sie nicht mehr verlassen konnte. Warum? Sie schmeckte die salzigen Tränen, die ihre Wangen herunterrannen. Womit hatte sie das verdient? Wer hatte sie verurteilt und ihr dieses Schicksal aufgebürdet? Sie sah nicht, aber hörte und fühlte, wie die Tür sich langsam öffnete. Ihre Angst nahm ihr die Luft zum Atmen. Sie schrie auf – und erwachte. Es war nicht nur ein Traum. Es war ihr Trauma.

An diesem regnerischen Tag fuhren sie zu Safinas Mutter, der Vater war vor einigen Jahren verstorben. Serba lebte in dem Dorf, in dem Safina aufgewachsen war, sie war in eine kleinere Wohnung in dem Haus gezogen, in dem ihre Familie schon immer gelebt hatte. Als sie aus Tuzla hinausfuhren, sah Robert auf eine hügelige Landschaft, die in voller Blüte stand. Es war Mai, und die

Wiesen erblühten in den schönsten Farben, die Obstblüte kleidete die Bäume in eine Symphonie von rot und weiß, vereinzelt waren Gehöfte mit großen Stallungen zu sehen. Ab und zu kamen sie durch eins der vielen Dörfer, die verlassen wirkten, als seien die Menschen verschwunden, an manchen Häusern waren Brandspuren zu sehen, andere wiederum waren in sich zusammengefallen, mit zerbrochenen Fensterscheiben und offenen Dächern, aus denen grüne Sträucher sprossten. Spuren des Krieges, dachte Robert und lenkte sein Auto an großen Schlaglöchern vorbei. Wenn die Straße nicht geteert war, spritzte das Wasser in den Pfützen auf und hinterließ braune Spritzer an der Windschutzscheibe.

Irgendwie wirkte die Landschaft leblos, selbst die Kühe und Pferde standen regungslos auf der Wiese, als habe jemand einen Film angehalten. Auch Safina saß still und in sich versunken auf ihrem Sitz neben Robert, hatte einen Zeigefinger auf ihren Mund gelegt und schien von dieser Bewegungslosigkeit gebannt und magisch angezogen. Ihre Augen blickten in eine Ferne, in der in absehbarer Zeit das Dorf auftauchen würde, in dem sie einen Großteil ihrer Kindheit verbracht hatte und das viele Erinnerungen weckte.

Robert versuchte sich vorzustellen, wie es ihm in einer solchen Situation gehen würde, aber sein Leben war zu weit von Safinas entfernt, um eine Empfindung mit ihrem Leben verbinden zu können. Er spürte eine Traurigkeit und auch ein wenig Angst, was dieser Tag bringen würde. Und doch war da auch wieder das Gefühl von Vertrautheit und Wärme, das ihn mit Safina verband. Jeden Tag ein bisschen mehr, seit sie die Reise angetreten hatten. Er nahm auch wahr, dass Safina an diesem Tag auf dünnem Eis ging, weil sie mit einem Teil ihres Lebens konfrontiert wurde, etwas in ihr schlummerte, was schwer einzuschätzen war in seiner Auswirkung. Robert dachte an die vielen traumatisierten Patienten, mit denen er zu tun gehabt und die er diagnostiziert hatte. Auch die führten ein ganz normales Leben, das aber dann ins Wanken geriet, wenn sie mit einer emotional schwierigen Lage zu tun bekamen, die sie überforderte und lähmte. Das konnte dann auch zu gelegentlichem Zusammenbruch und Einweisung in eine Klinik führen. Bei Safina vermochte er schwer einzuschätzen, wie weit sie durch die Vergangenheit belastet war. Nachdem sie ihm auf seine Bitte hin vor der Reise etwas von ihrer Vergangenheit erzählt hatte, hatte er eine posttraumatische Belastungsstörung vermutet, die für ihn nach einem solchen Erlebnis auch plausibel war. Er hatte es ihr auch gesagt, aber sie wehrte jede Diagnose ab, daher hatte er das Thema auch nicht mehr angeschnitten. In den letzten Tagen seit ihrer Ankunft war sie aufgeblüht, aber dass die Angst in ihr schlummerte, dessen war sich Robert bewusst.

Er lenkte den Wagen auf immer enger und steiler werdenden Straßen, die über grüne Hügel und durch Wälder führten, die ab und zu einen Blick auf die tief unter ihnen liegenden Täler frei gab. Ein Landschaftspanorama, das man bei besserem Wetter hätte genießen können, aber das Wetter schlug allmählich um, Regenwolken und Nebelschwaden zogen einen Grauschleier über die Landschaft.

Safina meldete sich zu Wort, als sie ganz weit oben waren und die Straße wieder bergab führte. Sie seien nun bald am Ziel ihrer Reise . Robert sah einige Dörfer im Dunst vor ihnen liegen, eins davon musste Safinas Dorf sein. Über kurvenreiche Serpentinen ging es talwärts, sie kamen durch zwei kleine Ortschaften, dann in ein drittes Dorf mit dem Namen Krasonic, das am Hang lag und aus schätzungsweise 20 Häusern bestand. Diese lagen relativ weit und ungeordnet nebeneinander, im Zentrum des Ortes führte die Straße auf eine Kreuzung, an der einige kleine, schmutziggraue Häuser um einen großen Baum standen und sich ein kleiner Dorfladen in einem der Häuser versteckte, der offenbar geschlossen war. Safina zeigte nach rechts. „Hier musst du lang fahren, dann wieder links, dann sind wir da."

Sie fuhren über eine Lehmstraße mit tiefen Schlaglöchern, die links von der Dorfstraße auf ein großes Gehöft zuführte und dort endete. Robert lenkte das Auto auf den Hof und stellte den Motor ab. Es war still, kein Laut zu hören und kein Mensch zu sehen, nur ein leises Rascheln der Blätter der großen Bäume, die den Hof umgaben. Auch der Regen hatte aufgehört. Aus einem Stall hörte man das Muhen einer Kuh. An der Eingangstür lag eine Katze, die sich zum Schlaf zusammengerollt hatte. Ein dünner Hund lief schwanzwedelnd auf das Auto zu. „Hier bist du also groß geworden", stellte Robert fest. Safina nickte, sie lächelte, aber in ihren Augen standen Tränen. Sie war offensichtlich sehr bewegt, und Robert wagte nicht zu fragen, wie es ihr denn gehe. „Seltsam, jetzt hier anzukommen, und dann noch mit dir. Auf diesem Hof habe ich stundenlang gespielt, in diesem Haus gelebt, gegessen und geschlafen, gestritten und Spaß gehabt, gesungen und gefeiert. Dahinten ist der Zaun, über den ich als Kind immer gesprungen bin. Und hinter dieser Scheune da drüben habe ich zum ersten Mal einen Mann geküsst. Auf einem unserer Dorffeste. Hier gab es viel Schönes. Aber jetzt leben meist nur noch ältere Leute im Ort, die Jungen sind weggezogen. Viele Häuser stehen leer, nach dem Krieg hat sich hier viel verändert. Komm, lass uns reingehen, Serba wartet auf uns."

Sie betraten durch eine offene Tür einen Hausflur, in dem es stark nach Fisch roch und stiegen über eine kleine Holztreppe mit Stufen, die starke Dellen aufwiesen, in das obere Stockwerk des zweigeschossigen Hauses.

Die Tapeten wirkten so wie das Haus insgesamt, stark verschmutzt, hatten offenbar mehrere Generationen erlebt. Safina klopfte an der Tür, um ihr Kommen anzukündigen und ging sogleich in die Wohnung. Hier schienen alle Türen immer offen zu sein. Sie durchquerten einen kleinen Vorraum und betraten ein Wohnzimmer, das eher den Namen Stube verdient hätte. Safina hatte ihm gesagt, dass Serba nun alt und schwerhörig sei und die meiste Zeit des Tages in ihrem Sessel sitze. Eine Pflegerin kümmere sich um sie. Robert erschrak, als er die alte Frau in ihrem abgewetzten Sessel sah. Eine Frau, die den Eindruck machte, als sei die Lebensenergie in ihr erloschen und die Kraft verbraucht, zusammengesunken und vor sich hin starrend. Safina ging auf sie zu und umarmte sie. Serba hob mühsam den Kopf, um zu sehen, wer sie da ansprach, sie war wohl kurzsichtig und hatte eine viel zu große Brille mit starken Gläsern auf der Nase, die heruntergerutscht war. Als sie ihre Tochter erkannte, verwandelte sich ihr Gesicht in eins, das vor Freude erstrahlte und ein wunderbares Lächeln auf ihr Gesicht zauberte. Robert war von dieser Verwandlung sehr berührt – wie doch die Gegenwart eines Kindes einer alten Mutter, die nicht mehr viel vom Leben zu erwarten hatte, neue Kraft einflössen konnte, so dass sich der ganze gebeugte Körper aufrichtete. Serba sprach nun mit Safina bosnisch, es fiel ihr offenbar schwer, sie musste immer wieder Pausen machen. Ihre

Stimme klang klagend und bewegt. Dann sah Serba Robert an, der sich etwas im Hintergrund hielt. Sie schien verunsichert, Safina sprach beruhigend auf sie ein und erklärte ihr offenbar die Gegenwart eines fremden Mannes. Serba nickte und schien zufrieden, streckte Robert die Hand aus, der sie vorsichtig ergriff. Serbas Hand war sehr dünn, ihre Ärmchen und ihr ganzer Körper wirkten abgemagert. Safina wandte sich zu Robert. „Meine Mutter möchte mit uns essen, es ist nebenan vorbereitet." Mühsam erhob sich die alte Frau mit Safinas Hilfe aus ihrem Sessel und ging langsam und gebückt am Arm ihrer Tochter Richtung Küche. Robert folgte beiden, und sie betraten einen kleinen Raum, in dem ein größerer Herd stand, der offenbar noch auf natürliche Weise befeuert wurde. Auf ihm standen zwei große Töpfe. Offenbar hatte die Pflegerin, die schon gegangen war, das Essen vorbereitet. Es roch noch intensiver nach Fisch als im Hausflur, und sie nahmen an einem kleinen Holztisch Platz, auf dem drei Porzellanteller mit Blümchenrand standen. Daneben lagen Suppenlöffel, in der Mitte eine Korb mit Brot. „Es gibt Fisch mit Gemüse und Reis, dazu Brot," erklärte Serba, „eine Art Nationalspeise bei uns und Mutters Lieblingsgericht. Sie sagt, dass sie sehr gespannt ist, ob es dir schmeckt." Robert nickte der alten Frau zu, die ihm nun direkt gegenüber saß und ihn aufmerksam musterte. Ihm fielen die klaren blauen Augen auf, die im Kontrast zu der eher dunklen Farben ihres faltigen Gesichtes stand. Wie viel hatten diese Augen schon gesehen, dachte Robert, in einem langen, fast siebzigjährigen Leben, auch wenn sie älter aussah. Wahrscheinlich war sie durch die vier Kinder und harte körperliche Arbeit früh gealtert. Safina nahm die Teller und füllte aus den beiden großen Töpfen Reis und Gemüse mit Fisch auf die drei Teller. Dann entstand eine kleine Pause, Serba und ihre Tochter blickten auf die vor ihnen stehenden Teller mit dampfendem Essen, murmelten etwas und verbeugten sich leicht. Dann nahmen sie ihre Löffel und nickten Robert zu, für ihn ein Zeichen, dass mit dieser kleinen Handlung das Essen nun eröffnet war. Nachdem sie die ersten Löffel schweigend zu sich nahmen, ließ sich Serbas kehlige, dünne Stimme vernehmen. Safina übersetzte: „Serba möchte gerne wissen, ob du verheiratet bist, wie deine Frau heißt und deine Kinder." Robert antwortete, und die Frage nach den Kindern ließ er beiseite. Es war ihm etwas peinlich, dass er als kinderloser Ehemann bei der Frage nach Kindern passen musste, denn Serba hatte vier Kinder geboren, und eins davon saß neben ihm. Glücklicherweise war er verheiratet, sonst wäre die alte Frau wohl sehr verwundert gewesen, mit wem ihre Tochter da reiste. Safina übersetzte, Serba blickte etwas erstaunt auf Robert, offenbar hatte ihr Safina erklärt, dass seine Ehe kinderlos war. Robert liebte solche Situationen gar nicht, aber da das Essen sehr gut schmeckte, wich seine Anspannung langsam, die er seit dem Betreten der Wohnung gespürt hatte, eigentlich schon seit er nach Bosnien gekommen war. So ähnlich fremd fühlen sich die Menschen bei uns in Deutschland, wenn sie bei einheimischen Familien sind und mit deren Ess- und Lebensgewohnheiten konfrontiert werden, dachte er bei sich. Vielleicht ganz gut, selber eine solche Erfahrung zu machen. Den zweiten Teller, den ihm Safina unter Serba aufmunterndem Nicken auffüllte, verzehrte er mit demselben Appetit wie den ersten und merkte, wie hungrig er war.

Nach dem Essen kehrten sie wieder in die gute Stube zurück, Serba ließ sich in den Sessel fallen und wirkte erschöpft. Safina setzte sich auf einen Stuhl neben sie und begann mit ihr zu erzählen. Robert merkte, dass sich die Frauen offenbar einiges zu sagen hatten und dies eine Zeit lang dauern würde. Er beschloss, einen kleinen Spaziergang durch das Dorf zu unternehmen und verabschiedete sich. Dann stieg er die Holztreppe wieder hinunter und trat ins Freie. Es war immer noch kühl und regnerisch, Windböen peitschten durch die Baumkronen und verursachten ein mächtiges Rauschen. Robert ging zwischen den Stallungen des Hofes umher. Alles wirkte recht verfallen, der Hof war offenbar aufgegeben worden, die Ställe, wo einmal Kühe und Schweine gestanden hatten, leer. Heureste und rostige Teile, die wie Mähmaschinen aussahen, lagen herum, auch alte Autoreifen.

Hier musste einmal bäuerliches Leben gewesen sein, und Serbas Mutter war diejenige gewesen, die mit ihrem Mann diesen Hof geführt und daneben noch vier Kinder großgezogen hatte. Ein Kraftakt, der über Jahrzehnte ihren Körper beansprucht hatte, so dass die an ihr zu beobachtende Auszehrung sicher auch Folge dieser harten Form der Existenz war. Er stellte sich vor, wie Safina als Kind hier gespielt hatte, während ihre Eltern die Kühe gemolken und mit Heu versorgt hatten, das sie mit großen Gabeln in die Schober füllten. Dazwischen war Safina mit ihren Geschwistern herumgetollt. Wahrscheinlich mussten sie früh helfen, zum Beispiel die Kühe auf die Weide treiben oder von dort holen, wenn es Abend wurde. Hier irgendwo hatte Safina als junge Frau ihren ersten leidenschaftlichen Kuss mit einem jungen Mann ausgetauscht, während auf dem Hof eine Hochzeit gefeiert wurde. Er ging ein Stück weiter und betrachtete die Zäune, auf die Safina ihn hingewiesen hatte. Über diese Zäune war Safina also als Kind gesprungen. Er sah ein Bild vor seinen Augen, wie Safina über einen der Zäune flog, und er versuchte nachzuvollziehen, was sie dazu getrieben hatte. Ein starker Freiheitsdrang, der ihrer Person eigen war und den Robert aus ihren Worten und Äußerungen heraushörte. Eine gute Methode, um sich von manchem Frust zu befreien. Er ging zurück zur Mitte des Hofes und betrachtete das Haus, in dem die Familie gewohnt hatte. Hier hatte einmal eine Familie gelebt, hatte Freud und Leid miteinander geteilt, waren Kinder geboren worden und aufgewachsen. Irgendwann war der Krieg über das Land gekommen, und dann das Älterwerden, das eine Familie auf natürliche Weise auseinandertrieb. Die Kinder waren weggegangen, die Eltern zurückgeblieben und Serba nach dem Tod ihres Mannes schließlich allein. Robert dachte an seine Eltern, die beide noch lebten, aber denen man jenseits der 80 die Spuren des Älterwerdens deutlich anmerkte. Auch sie würden bald betreut werden oder in eine Einrichtung umziehen müssen, wenn es anders nicht mehr ging. Er merkte, wie ihn dieser Gedanke mit Traurigkeit erfüllte, schob ihn beiseite und kehrte ins Haus zurück.

Safina und Serba waren noch in angeregtem Gespräch, als Robert das Wohnzimmer betrat. Safina sah auf und bemerkte Roberts Kommen. „Setz dich noch einen Moment zu uns. Serba ist müde, wir werden sie gleich in Ruhe lassen. Sie findet es interessant, dass du als Psychiater arbeitest. Sie hat gefragt, ob es richtig ist, etwas gegen ihre Traurigkeit und Erschöpfung zu nehmen." Robert sah die alte Frau an, als wolle er etwas aus ihrem Gesicht herauslesen „Was nimmt sie denn?" Safina übersetzte, und Serbas Arm bewegte sich mühsam Richtung Tisch. Dort stand ein Döschen mit Medikamenten. Safina reichte es Robert, und der las das Etikett. „Scheint ein Beruhigungsmittel zu sein. Oder etwas zum Einschlafen. Vielleicht braucht sie ein Psychopharmakon. Bei

Altersdepressionen kann das helfen. Aber dann müsste sie zu einem Facharzt." Safina übersetzte, und Serba schüttelte den Kopf. „Nein, das möchte sie nicht. Sie sagt, dass sie bald sterben möchte." Eine Stille entstand, die der Situation angemessen war. Wenn ein Mensch seinen Sterbewunsch ankündigte, war das ein feierlicher Moment. Safinas Augen füllten sich mit Tränen, und auch Robert musste schlucken. Hier gab es nichts mehr zu behandeln, und für ihn als Arzt war es immer schwierig gewesen, wenn ein Mensch eine Behandlung abgelehnt hatte und er nichts mehr anzubieten hatte außer menschlicher Anteilnahme. Safina ergriff beherzt die kleinen Hände ihrer Mutter. „So, jetzt ist es Zeit zum Abschied nehmen. Sie braucht jetzt Ruhe." Serba lächelte Robert zu und nickte freundlich. Sie verabschiedeten sich und wandten sich zum Gehen. An der Tür wandte sich Safina noch einmal um. Sie sagte etwas auf Bosnisch. „Ich habe Mama gesagt, dass ich bald noch einmal wiederkomme und sie mit meiner Tochter besuche. Die liebt sie über alles", erklärte sie Robert. Dann verließen sie das Haus. „Möchtest du mit mir noch einen kleinen Spaziergang machen?" fragte Safina, und nachdem Robert bejaht hatte, gingen sie Richtung Dorfmitte, zu der Kreuzung, wo der kleine Dorfladen war. Einige ältere Frauen, die unterwegs waren und Taschen trugen oder Körbe mit Kartoffeln, die sie offenbar vom Feld geholt hatten, kamen ihnen entgegen. Safina begrüßte die eine oder andere herzlich. „Ach, die sind jetzt auch alle alt geworden, so wie Serba", seufzte sie. „Was wird nur mit ihr werden? Ich mache mir Sorgen um sie, sie ist so viel allein. Die älteren Frauen aus dem Dorf kommen nur selten vorbei, sind selber alt und krank. Sie müsste eigentlich in ein Heim, aber das will sie auf keinen Fall. Sie ist sehr stur. Wenigsten hat sie ihre Pflegerin, die wird teilweise von meinen Schwestern bezahlt." Robert nahm ihren Arm. Safina schob ihn sanft zurück. „Vorsicht, sonst denken sie, du wärst mein Ehemann. Das ist dann sofort Thema im Dorf. Sie sind sehr traditionell hier." „O.k., ich lerne immer noch dazu." Sie lachten beide, und Robert hatte das Gefühl, dass das etwas von der Schwere dieses Besuchs nahm. „Wenn du Geld brauchst, um dich an Serbas Versorgung zu beteiligen, kann ich dir etwas geben. Meike und ich verdienen gut, wir haben keine Kinder und genug Geld." „Danke, im Moment geht es. Ich habe mit meinen Schwestern eine Vereinbarung getroffen. Im Moment übernehmen sie es, und sobald ich wieder Geld verdiene, beteilige ich mich. Wichtiger ist, dass wir uns um Serba kümmern und sie so oft wie möglich besuchen." Inzwischen hatten sie den kleinen Platz in der Dorfmitte erreicht und auf einer Bank Platz genommen. Die Sonne war etwas hervorgekommen und tauchte das Dorf in ein mildes Abendlicht. Safina sah zu dem kleinen Dorfladen, der jetzt geöffnet hatte und vor dem einige Auslagen mit Obst und Gemüse standen.

„Hier habe ich oft gesessen, auf dieser Bank. Manchmal mit meiner Freundin Simca. Dann haben wir bosnische Lieder gesungen. Im Dorfladen habe ich Milch und Brot gekauft, Gemüse und Obst hatten wir genug, dann bin ich nach Hause gegangen."

Eine Weile saßen sie einfach so da und beobachteten, wie einige ältere Frauen und Kinder den Laden betraten und ihn mit Tüten beladen wieder verließen. Ab und zu fuhr ein Auto vorbei, auch der eine oder andere Trecker. „Es gibt nur noch zwei oder drei Bauernhöfe im Dorf. Meist reicht das nicht mehr für den Lebensunterhalt. Deshalb stehen auch viele Häuser leer, und die meisten Jüngeren sind weggezogen, um in die Nähe der Arbeit zu kommen. Die Fahrten nach Tuzla und in andere Städte sind einfach zu weit. Die Alten bleiben hier und leben meist sehr bescheiden. Wenn sie Glück haben, können sie hier im Dorfladen noch etwas von ihrem selbstangebauten Gemüse oder Obst loswerden. Sie bekommen nur eine sehr bescheidene Rente von umgerechnet 200 bis höchstens 300 Euro. Davon kann man gerade so leben." Robert schwieg betroffen, weil er an die Kluft zwischen arm und reich dachte, in Deutschland, aber auch zwischen den reicheren Ländern Europas und einem Land wie Bosnien, das eher zum Armenhaus gehörte. „Und wie leben deine Schwestern? Von denen hast du noch wenig erzählt." „ Ich habe im Moment wenig Kontakt zu ihnen. Die eine, Maria, lebt mit ihrem Mann in

Tuzla, ihnen geht es ganz gut, ihr Mann hat Arbeit als Schweißer. Sie haben drei Kinder. Lucia, die zweitälteste, hat einen Freund, ist geschieden wie ich. Hat als Mann ein Arschloch erwischt, der sie geschlagen hat. Sie ist nach Pristina gezogen, ihr Freund ist Albaner. Und die dritte, Kristina, macht eine Ausbildung zur Arzthelferin. Sie wohnt in der Nähe von Banja Luca, ist noch unverheiratet. Das ist Serbas ganzer Kummer, dass drei ihrer Töchter nicht verheiratet sind. Bei mir war sie ganz stolz, dass ich Musik studiert habe und einen Arzt als Mann erwischt habe. Jetzt ist das vorbei, ich habe keine Arbeit mehr, bin geschieden und reise mit einem Psychiater durch die Gegend, der auch schon Eheprobleme hat." Safina blickte Robert an und schien amüsiert. „Komm, lass uns fahren, es ist schon spät, wir sollten vor Sonnenuntergang in Tuzla sein, es ist schwierig, ganz im Dunkeln zu fahren." Sie spazierten wieder die Straße hinunter, auf der nun ein paar Kühe Richtung Stall trotteten.

Als sie auf dem Hof angekommen waren, führte ihn Safina zu einem Ausblick ins Tal. Die Sonne stand schon tief und hatte glutrote Färbung angenommen. Ein Landschaftspanorama lag vor ihnen, das im Abendlicht seine ganze Schönheit offenbarte. Safina zeigte zu einem Zaun, der direkt vor ihnen stand. „Hier bin ich oft gewesen, über diesen Zaun gesprungen, wenn mir danach war. Manchmal zehnmal hintereinander. Danach ging es mir richtig gut." Robert fragte, wie sie darauf gekommen war. „Tja, irgendwie war da eine in mir, die das so wollte. Ich habe es heimlich gemacht, damit die anderen mich nicht auslachen. Die Kinder im Dorf, die waren nicht zimperlich. Wer sich da komisch verhielt, war ganz schnell Außenseiter." Safina blickte nachdenklich. „Jetzt fühle ich mich auch wieder als Außenseiterin, in Deutschland. Scheint mein Schicksal zu sein." Robert streichelte ihr ein wenig über die Schulter, sie lehnte sich seitlich an ihn. So standen sie noch eine Weile und betrachteten das Landschaftspanorama. Dann sagte Robert. „Du hast gesagt, wir sollten nicht zu lange im Dunkeln fahren. Die Sonne ist gleich weg." „Ja, du hast recht, es ist Zeit," willigte Safina ein und ging mit ihm Richtung Auto. Sie stiegen ein, Robert startete den Motor, sie rollten langsam vom Hof und dann die Dorfstraße hinauf Richtung Tuzla. Robert legte eine Kassette mit Musik von Bach ein. „Ist das die richtige Musik", fragte er. „Genau richtig." Safina hatte die Augen geschlossen und war in Gedanken an den zurückliegenden Tag versunken. Über die grünen Hügel und bei rasch fortschreitender Dämmerung fuhren sie wieder nach Tuzla zurück.

Kapitel 17

Am nächsten Tag kam es zur Begegnung mit Marica. Sie hatte vor kurzem Geburtstag, und Safina hatte ein kleines Fest im Haus des Onkels geplant. Safinas Freundin, bei der Marica lebte, kam mit ihr um die Mittagszeit, als sie ihr Frühstück beendet hatten. Safina war ziemlich nervös und aufgedreht, natürlich freute sie sich unbändig, nach einer Trennung von Monaten ihre Kleine endlich in die Arme schließen zu können.

Aber sie hatte Robert gegenüber auch angedeutet, dass die längere Trennung ihr Sorgen bereitete. Marica hatte Probleme in der Schule, das könne daran liegen, dass sie ihre Mutter sehr vermisse, hatte eine Lehrerin der Freundin erzählt. Außerdem mache sie gerade eine Entwicklung durch, in der sie ein ausgesprochen eigenwilliges Verhalten an den Tag legte. Safina fürchtete eine schleichende Entfremdung zwischen sich und der Tochter. Als das Auto vorfuhr, waren die Sorgen weggeblasen, Safina stürzte auf das Auto zu und fiel ihrer Tochter mit einem Freudenschrei um den Hals, kaum dass sie dem Auto entstiegen war. Marica hing an ihr und schlang die Arme um den Hals der Mama, wollte gar nicht mehr loslassen. Alle Umstehenden freuten sich mit, lachten, und Roberta klatschte sogar in die Hände. Robert hielt sich etwas abseits, wie ein Beobachter, der nicht so richtig dazu gehörte. Auch er war entzückt von Maricas Anblick, sie hatte dunkle, krause Haare, und in dem süßen Gesicht stachen zwei schwarze, funkelnde Augen hervor, die sich erst nach einer Weile hervortrauten und die Menschen ansahen. Ein Wonneproppen in einem blauen Kleidchen, im Haar eine rosa Schleife.

Eine Weile dauerte das Begrüßungsritual, erst allmählich löste sich Marica von ihrer Mutter, um die anderen zu begrüßen. Robert kam als letzter dran, Marica schaute ihn etwas befremdet an, lächelte aber. Also, das war der deutsche Arzt, der Mama auf der Reise begleitete, so hatte Safina es ihr erzählt. Worauf sie natürlich direkt gefragt hatte, ob Mama sehr krank sei, dass sie einen Arzt an ihrer Seite brauche. Das hatte sie verneint, aber damit auch ein wenig Maricas Misstrauen geweckt, sie könne doch einen neuen Freund haben. Was auch ein weiterer Grund wäre, dass Safina in Deutschland bliebe, während Marica immer noch hoffte, sie käme nach Bosnien zurück. Robert spürte, dass seine Skrupel, die ihn auf der Reise begleiteten, wieder stärker wurden, und das ließ ihn noch ein wenig mehr auf Distanz gehen. Er wollte auf keinen Fall der Grund sein, dass Maricas Freude über das Wiedersehen getrübt wurde, wusste aber auch nicht recht, wie das zu verhindern war.

Alle gingen ins Haus, und dort wurde es nicht nur gemütlich, sondern auch festlich. Marica ging zu ihrem Geburtstagstisch, wo schon eine Kerze brannte und ein Kuchen stand. Sie öffnete begeistert ein Geschenk nach dem anderen. Safina hatte dafür gesorgt, dass genügend Geschenke dort lagen, das Hauptgeschenk aber war ein kleines Fahrrad, das sich Marica so sehr gewünscht hatte. Es leuchtete knallrot, Marica sprang um ihr neues Gefährt herum, fuhr sogar damit durchs Wohnzimmer, was einen strengen Verweis ihrer Mutter nach sich zog. Aber Roberta winkte ab.

Dann gab es Kaffee und Kuchen, für Marica eine großes Glas mit Erdbeermilch und noch ein Eis. Anschließend folgten einige Spiele, Marica liebte Seifenblasen und auch Federball, dann wurde sie müde, legte sich aufs Sofa und schaute aufmerksam zu den Erwachsenen, die sich um den Tisch versammelten, um Abend zu essen. Sie war jetzt nicht mehr so der Mittelpunkt, aber sehr präsent, und die Gespräche drehten sich um dies und das, aber alle vermieden natürlich, über die Zukunft und Maricas Entwicklung zu reden, solange sie im Raum war.

Als Marica unter Protest in ihr Bettchen gegangen war und eine gewisse erschöpfte Ruhe entstand, versammelten sich die fünf Erwachsenen um den Tisch. Miro und Roberta holten wie üblich einige Karaffen Wein und Gläser und stellten sie auf den Tisch, auf dem noch die Kuchenreste standen. Eine Weile waren alle damit beschäftigt, sich Wein einzugießen. Andra, Safinas Freundin, musste noch ein längeres Telefonat mit dem Handy führen. Sie schimpfte am Telefon ziemlich lautstark über ihren Mann, der sich mal wieder nicht gemeldet hatte. Am anderen Ende war offenbar eine Freundin. Nachdem sie das Telefonat beendet hatte, ergriff Safina das Wort, worauf alle mehr oder weniger gewartet hatten. Der fröhliche Nachmittag war nun endgültig einer gespannten, ernsten Aufmerksamkeit gewichen. Safina versuchte, mit leiser Stimme ihre Gefühlslage zu beschreiben. Sie erzählte noch einmal ihre letzten Erlebnisse in Deutschland, Andra war offenbar noch nicht vollständig eingeweiht. Dann begründete sie ihren Entschluss, nach Bosnien zu fahren. Schließlich kam sie auf ihre Mutter Serba und auf Marica zu sprechen. Um beide mache sie sich Sorgen, und sie wisse auch, dass sie eine gewisse Schuld daran habe, dass die Situation nun kompliziert sei. Da über ihren Aufenthalt in Deutschland noch nicht entschieden sei und ihre Seele an den vergangenen Ereignissen leide, sei ihre Zukunft fraglich, sie fühle sich hin- und hergerissen, heimatlos und entwurzelt. Als Mutter und Tochter müsse sie eigentlich hier bleiben und sich um beide kümmern, andererseits fühle sie sich genau dafür im Moment nicht stark genug. Deutschland sei für sie eine Art Zufluchtsort, aber sie wisse natürlich, dass ihr Aufenthalt begrenzt sei. Doch sie habe dort berufliche Möglichkeiten, etwa als Musiklehrerin, die sie hier nicht habe, und könne außerdem mehr Geld verdienen für dieselbe Arbeit. Serba werde vermutlich bald sterben, und sie hoffe, Marica eine Zukunft in Deutschland bieten zu können, wenn das mit dem Aufenthalt geregelt war. Oder sie würde im anderen Fall bald nach

Bosnien zu Marica zurückkehren. Nach ihrer längeren Rede, die sie in bosnischer Sprache hielt, weil Andra überhaupt kein Deutsch verstand, übersetzte sie kurz für Robert.

Eine nachdenkliche Pause entstand, alle überlegten, was sie zu dem Problem beitragen und antworten konnten. Als erste sprach Andra, und sie stand unter ziemlicher Spannung, was auch an ihrem geröteten Gesicht zu erkennen war. Sie redete auf Safina ein, und Robert, der nichts verstand, beobachtete beeindruckt die Bewegung ihrer Hände, die den Bewegungen einer Dirigentin glichen, die eine dramatische Passage einer Symphonie dirigierte. Safina antwortete darauf mit einer ebenso ausladenden Gestik, und zwei Frauen waren im Wettbewerb unter ganzem Einsatz ihrer Sprache und ihrer Körper, um sich gegenseitig zu überzeugen oder zu rechtfertigen. Der Ton wurde lauter und aggressiver, eine Weile ging das so hin und her. Dann hob Miro begütigend die Hände und versuchte zu beschwichtigen. Seine Frau Roberta saß zusammengesunken da, ihr war das Ganze offenbar unangenehm, und sie sah immer wieder zu Robert hinüber. Der fühlte sich wieder in einer Beobachterrolle, der Zeuge eines Familienstreites wurde, dessen Heftigkeit ihm recht fremd war. Miro erklärte ihm, nachdem Safina und Andra eine kurze Kampfpause eingelegt hatten und kräftige Schlucke aus ihren Weingläsern genommen hatten, dass Andra sich mit Maricas

Versorgung zunehmend überfordert fühlte und von Safina eine baldige Entscheidung verlangte, die Marica einen Aufenthalt bei ihrer Mutter ermöglichte. Sie verstehe außerdem nicht, wie eine Mutter ihre Tochter so lange allein lasse und nicht endlich zu sich hole. Offensichtlich fühlte sich Safina angegriffen. Miro versuchte nun zu vermitteln und sprach ruhig auf Safina ein. Die schüttelte mit dem Kopf. Möglicherweise, dachte Robert, unterstützte er Andra auf diplomatische Art, denn er hatte schon am Nachmittag eine Bemerkung gemacht, dass man Marica diese Situation nicht viel länger zumuten könne. Dann ging der heftige Streit zwischen beiden Frauen aufs Neue los, und beide ließen sich kaum ausreden und schrien sich schließlich an. Roberta versuchte verzweifelt zu beschwichtigen, was nicht gelang, und auch Miro hatte keine Chance mehr. Dann fegte Safina mit einer ihrer heftigen Handbewegungen ihr Weinglas vom Tisch, das lautstark zersprang. Einen Moment später sank Safinas Kopf auf den Tisch, und sie wurde von einem heftigen Weinkrampf geschüttelt. Miro streichelte ihre Schulter, Robert unterdrückte seinen Impuls, sie in den Arm zu nehmen und zu trösten. Dafür waren jetzt andere da. Auch Andra weinte nun leise vor sich hin, Roberta reichte Servietten als Taschentücher, die ganze Szene erinnerte Robert an gruppentherapeutische Sitzungen, in denen es unter den Teilnehmenden heftig zur Sache ging. Nach einer Weile erhob Safina ihr Gesicht und redete mit stark geröteten Augen auf Deutsch zu Robert gewandt: „Tut mir leid, Robert, aber hier muss einiges geklärt werden, was Marica betrifft." Dann sagte sie etwas zu Andra, was versöhnlich und nach einer Entschuldigung klang. Die nickte nur und sagte nichts. Miro fragte, ob man denn nicht besser morgen weiterrede, man sei ja schließlich vom Tag und der Hitze erschöpft. Außerdem trug der Wein nicht gerade zur Versachlichung bei, dachte Robert. Es gab noch ein kurzes Gespräch zwischen Safina, Miro und Andra, dessen Ergebnis dann auf Deutsch mitgeteilt wurde. „Sie bleiben noch ein paar Tage, Andra und Marica, damit sie noch etwas von ihrer Mutter hat und noch etwas gesprochen werden kann", erklärte Miro. Das bedeutete natürlich für Robert, dass sich der Aufenthalt verlängern würde. Allzu lange wollte er nicht mehr bleiben, Meike würde sicher misstrauisch werden, auch wenn sie sich bis jetzt noch nicht gemeldet hatte. Vielleicht müsste er dann allein zurückfahren und Safina später mit dem Zug, aber darüber wollte er mit ihr erst am nächsten Tag reden. Der Tag war, wie alle Tage davor, erlebnisreich genug. Etwas weintrunken und in unterschiedlichen Stimmungen gingen alle zu Bett.

Kapitel 18

Eine Woche waren Marica und Andra bei Mirco und Roberta. Sie unternahmen einiges mit Safina. Manchmal war Robert dabei. Dann kam der Tag, an dem sie den Ort besuchen wollten, wo Safina vor vielen Jahren Schreckliches widerfahren war. Ein möglicherweise entscheidender Tag, denn die bisher in Bosnien verbrachten Tage hatten nach Roberts Eindruck Safina noch nicht einer Entscheidung näher gebracht, das hatte auch die Diskussion am gestrigen Abend gezeigt. Robert war früh aufgewacht, er hatte in der Nacht lange wach gelegen und gegrübelt. Seine Rolle bei dieser ganzen Reise wurde ihm zunehmend unklar, und er wollte sich nicht in Safinas bosnische Familienangelegenheiten einmischen. Es war auch ein Sprachproblem, viele wichtige Einzelheiten waren ihm bei der Diskussion zwischen Safina und Andra anscheinend entgangen. Es ging wohl auch um Geld, sein Angebot hatte Safina zurückgewiesen, was er auch verstand. Er hatte auch überlegt, ob er heute überhaupt mitfahren wolle , aber Safina bestand darauf, das war ihm klar. Sie wollte, dass er dabei war.

So war er schon um sechs Uhr aufgestanden, um im Internet einige Informationen über den Bosnienkrieg nachzulesen. Er wusste nur wenig, Safinas Erzählungen waren sehr bruchstückhaft, wenn das Gespräch auf den Krieg kam. Er wollte wissen, in welchem Zusammenhang

Safinas Erlebnisse standen und wie der Krieg zwischen 1992 und 1995 verlaufen war. Er packte seinen Laptop aus, den er immer dabei hatte, ein Internetanschluss war im Raum vorhanden. Er googelte Krieg in Bosnien-Herzegowina und sah sich einer Fülle von Informationen ausgesetzt. Vieles waren politische Ereignisse, Bewertungen und Daten, die ihm wenig sagten. Er konzentrierte sich auf das Wesentliche und die Gegend um Tuzla. Die Kämpfe wurden vor allem in den Gebieten mit unsicheren Bevölkerungsmehrheiten geführt. Verwirrend fand er, dass nicht nur Kroaten, Serben und Bosniaken sich bekämpft hatten – das wusste er -,sondern auch bosniakische Einheimische und bosnische Kroaten. Es gab also nicht nur territoriale Kämpfe, sondern auch ethnische Konflikte innerhalb eines Landes. Die Zersplitterung wurde im Verlauf des Krieges immer größer. Heftige Kämpfe gab es immer wieder um Mostar, aber auch um Tuzla, das von serbischer Artillerie angegriffen wurde. Safina hatte von brennenden Häusern in den Dörfern und Luftangriffen erzählt. Es kam immer wieder zu ethnischen Säuberungen, Bosnier wurden von Angehörigen der serbischen Armee als Schutzschilde benutzt. Dann natürlich das Massaker von Srebrenica, 8.000 tote Männer, ohne dass die UNO eingegriffen hatte. Robert schauderte. Wie war so etwas mitten in Europa möglich, welcher angestaute Hass brach sich da Bahn? Unvorstellbar. Insgesamt waren knapp hunderttausend Menschen in dem Krieg umgekommen, davon 40 % Zivilpersonen. 2,2 Millionen wurden vertrieben, nur ein Teil von ihnen war zurückgekehrt. Safina war eine von denen, die geflohen waren. Auch die Massenvergewaltigungen an bosnischen Frauen in den Lagern wurde erwähnt, ein besonders schlimmes Kapitel. Robert dachte an Safina. War sie etwa auch vergewaltigt worden? War das der Grund für ihre Flucht und ihr Trauma? Sie hatte es nie mit einem Wort erwähnt, vielleicht um ihn nicht zu schockieren oder weil sie sich schämte. Er konnte sich aber nicht vorstellen, dass sie mit ihm als Mann eine Reise unternahm, wenn sie tatsächlich Vergewaltigungsopfer war.

Safina war beim Frühstück sehr schweigsam, sie hatte Ringe unter den Augen und wohl schlecht geschlafen. So wurde das Frühstück im Unterschied zu den anderen Mahlzeiten im Hause zu einer sehr stillen Angelegenheit, wie Robert es schon einmal bei einem Meditationswochenende erlebt hatte. Safina und er tauschten öfter kurze Blicke aus, aber sie schaute schnell wieder auf ihren Teller, als wolle sie nicht, dass er von ihrer Gefühlslage zu sehr in Anspruch genommen würde. Sie räumten kurz ab, anschließend verabschiedete sich Safina von Marica, die früh wach geworden war und ihre Mutter lange und intensiv umarmte, als wüsste sie, dass ihr ein schwerer Tag bevorstand. Dann packte Safina noch ein paar Dinge ein, die ihr wichtig waren, unter anderem ihren Fotoapparat und etwas zu essen. Sie wollten am Abend zurück sein, so war es geplant, Safina wollte unbedingt noch Marica vor dem Schlafengehen sehen. Das Dorf, das sie besuchen wollten und an dem Safina ihr schlimmstes Kriegserlebnis hatte, lag etwa 30 km entfernt von Tuzla. Robert wusste bisher nur, dass Safina in einem brennenden Haus gewesen war und Todesangst ausgestanden hatte. Den Rest wollte sie ihm an diesem Tag erzählen, sie hatte es schon kurz vor der Abfahrt versucht, aber es war ihr zu schwer gefallen. Der Tag war sonnig und wolkenlos, es würde in der Mittagszeit sehr heiß werden, daher fuhren sie beide in T-Shirts und kurzen Shorts. Safina trug eine überdimensionale Sonnenbrille, die einen guten Teil ihres Gesichts verdeckte, als wolle sie nicht erkannt werden.

Als sie Tuzla hinter sich gelassen hatten, führte sie der Weg über Asphaltstraßen, die in der Sonne glitzerten und an grünen Hügeln und bunten Wiesen vorbei führten. Robert staunte wieder über die Schönheit der Landschaft und dachte daran, was in dieser Gegend vor etwa 10 Jahren geschehen war, woran ihn die Fakten aus dem Internet an diesem Morgen erinnert hatten. Ihm war nach wie vor mulmig, er hoffte, dass Safina eine richtige Entscheidung getroffen hatte, sich noch einmal zu konfrontieren. Es war kaum möglich, mit ihr über ihre Gefühle zu sprechen oder auch seine eigenen Bedenken zu formulieren. Es war auch ein Sprachproblem. Besonders gestern abend bei der Diskussion auf Bosnisch und den heftigen Gefühlsausbrüchen der beiden Frauen war Robert klar geworden, dass Safina immer in ihrer Muttersprache redete, wenn es um emotional belastende und schwierige Dinge ging. In deutscher Sprache blieb zwischen ihnen eine Distanz, die schwer überbrückbar war, aber das war vielleicht auch gut so, um sich nicht zu nahe zu kommen: eine Sorge, die sie wohl unausgesprochen teilten. Ihre Fahrt führte auch durch Dörfer, deren Häusern man noch teilweise die Spuren des Krieges ansah, Einschusslöcher in den Mauern oder leere Fensterhöhlen bildeten einen Kontrast zu Häusern, die bunt und frisch renoviert waren und offenbar Leuten gehörten, die es zu einem bescheidenen Wohlstand gebracht hatten. Die wenigen Menschen, die sich auf der Straße zeigten, waren meist älter und saßen auf einer Bank vor ihrem Haus oder bewegten sich langsam in der Sonne, deren Wärme immer unbarmherziger wurde. Auch im Auto wurde es zunehmend stickig, sie hatten beide Seitenfenster ganz heruntergekurbelt, aber die eindringende Luft war sehr warm und brachte kaum Kühlung. Sie tranken immer wieder Mineralwasser in kleinen Schlucken, das Safina in eine große Plastikflasche abgefüllt hatte. Die war inzwischen auch warm. Nachdem sie etwa 10 Ortschaften durchquert hatten, wies Safina Robert auf ein gelbes Schild hin, das nach links deutete. Sweniza, 5 km, stand darauf. „Da ist es", sagte sie leise.

Robert bog ab und verlangsamte die Fahrt, denn jetzt wurden die Straßen noch kurviger und enger. Besorgt blickte er zu Safina . „Wie geht es dir?" „Okay", kam die Antwort, die für Robert nicht sehr überzeugend klang. Er bremste, denn er musste einem Laster ausweichen, der plötzlich um die Ecke bog. „Puh, das ist gerade noch einmal gut gegangen", entfuhr es ihm. Er setzte die Sonnenbrille auf, die Sonne blendete jetzt sehr stark und schien so heiß vom Himmel, dass ihm das Wasser von der Stirne abwärts lief und zunehmend sein Oberhemd befeuchtete. Plötzlich tauchte ein Militärjeep dicht hinter ihnen auf, der zum Überholen ansetzte. Als er vorbeigefahren war, hörte er Safina neben sich fluchen. „Scheiße, verdammte Militärs, warum ausgerechnet hier."

Noch zwei, drei weitere Fahrzeuge überholten sie, offenbar ein Konvoi. Was wollen die hier in Friedenszeiten, dachte Robert. Es waren keine UNO-Konvois, die waren auch lange nach Kriegsende längst abgezogen, das hatte er gelesen. Inzwischen fuhren sie wieder unbehelligt, trotzdem hatte Robert ein mulmiges Gefühl und verlangsamte seine Fahrt weiter. Nach einem steilen Anstieg kamen sie über eine Hügelkuppe und schräg links vor ihnen tauchte ein Dorf auf, das friedlich am Hang lag. Aber über dem Dorf waren dicke Rauchwolken zu sehen, die auf einen Brand im Dorf hindeuteten und bedrohlich schwarz aussahen. *Die schwarzen Rauchwolken drangen* *durch alle Ritzen, der Brandgeruch drang stechend in ihre Nase, sie konnte kaum m*ehr atmen. Kaum hatte er den Rauch wahrgenommen, hörte er neben sich einen Schrei, der ihm durch Mark und Bein ging. Safina war aus ihrer Erstarrung erwacht und trommelte heftig mit den Füssen gegen das Armaturenbrett. „F-ah-r so-fort zu-rück!" Es war ein Ausbruch der Verzweiflung und Angst, ein Hilfeschrei, der in drei Worten mündete, die sie mit aller Kraft hervorstieß. „Fahr sofort zurück!" . Robert bremste hart, schaltete den Rückwärtsgang ein, was auf der abschüssigen Straße nicht ungefährlich war, ließ den Wagen ein Stück auf die Wiese rollen, wendete und fuhr zurück. Dabei machte der Wagen einen heftigen Satz nach vorne, als Robert nicht gleich den richtigen Gang fand.

Nach etwa 1 km fuhr er rechts ran. Er fühlte sich nicht in der Lage, weiterzufahren und atmete heftig. Er spürte eine seelische Erschütterung, der Schrei Safinas war so unvermittelt und heftig gewesen, dass er ihn im Zentrum seiner Seele getroffen hatte. Er sah zu ihr hinüber. Sie hatte den Kopf in die Hände gelegt und weinte. Er legte den Arm um sie. Sie kuschelte sich an ihn, ihre Tränen befeuchteten sein Oberhemd. „Es tut mir so leid, aber bitte fahr weiter, ich muss hier weg. Bitte." Er fragte, wohin er sie fahren solle, sie antwortete nur: „Weg von hier". Robert überlegte, dann entschied er, nach Tuzla zurückzufahren. Sie fuhren wieder schweigend, die Fahrt verlief ohne weitere Zwischenfälle, und sie erreichten die Stadt eine gute halbe Stunde später.

Er parkte den Wagen an der Stadtgrenze, dort war ein kleines Cafe. „Fühlst du dich hier einigermaßen sicher", fragte er. Er wusste aus seiner beruflichen Praxis, dass es nach einem solchen Flash-Back, der plötzlich wiederkehrenden traumatischen Erinnerung, wichtig war, an einem sicheren Ort zu sein. Safina brauchte eine Weile, bis sie in der Lage war, an Roberts Arm sich in das Cafe führen zu lassen. Sie suchten einen schattigen Platz, die Hitze war jetzt in der Mitte des Tages unerträglich. Er bestellte für sie beide eine große Flasche kaltes Mineralwasser. Sie tranken, und dann sagte Safina mit verweinten Augen: „Der Rauch. Es war der Rauch. Damals auch, dieser schwarze Rauch über dem brennenden Haus . Ich habe diese fürchterliche Angst wieder gespürt, zu verbrennen bei lebendigem Leibe." Sie machte eine Pause, Robert sah, dass ihre Augen geweitet waren, als habe der eben erlebte Schrecken von ihrem ganzen Körper Besitz ergriffen. „Wir waren da eingeschlossen, fünf Frauen, sie haben uns da reingesperrt und dann das Haus angezündet. Dann sind sie weggefahren, und irgendwer hat uns dann befreit und rausgeholt. Ich habe noch den Brandgeruch in der Nase, so wie damals." Wieder eine Pause. „Am schlimmsten waren die Schreie einer jungen Frau, wir waren mindestens eine Stunde da drin. Die Hitze war unerträglich." Sie begann heftig zu weinen. „Warum, verdammt noch mal, muss es da heute brennen, warum fahren da Militärautos rum. Ich wollte doch nur mal hin, um mich zu erinnern. Aber das war zu viel für mich. Tut mir leid." Robert ergriff ihren Arm. „Ist doch klar, dass die Angst wieder so da ist, wie damals, und du nur noch weg willst. Da reichen schon Kleinigkeiten, und die Erinnerung ist sofort da." „Und was machen wir jetzt?" fragte sie. „Ich will so bald wie möglich hier weg, ganz weit weg."

Sie blieben noch eine Weile sitzen, dann fuhren sie erst mal ins Haus von Miro und Roberta. Sie reagierten sehr erschrocken, als sie Safina mit rotgeweinten Augen und Robert mit sehr ernstem Gesicht vor der Tür stehen sahen. Safina legte sich sofort hin, sie war erschöpft, und Roberta führte sie liebevoll in ihr Zimmer. Miro und Robert setzten sich an den Küchentisch, Robert erzählte, was geschehen war. Miro schwieg und fuhr sich mit der Hand über das Gesicht. „Und jetzt?" fragte er. Robert sagte, dass er noch nicht sagen könne, welche Folgen diese offensichtliche Retraumatisierung Safinas haben könne, aus seiner Arbeit wisse er, dass es erst mal wichtig sei, ihr das Gefühl von Ruhe und Sicherheit zu geben. In den nächsten Tagen werde sich zeigen, ob das ausreiche oder sie eine ärztliche Behandlung brauche.

Miro schüttelte verzweifelt den Kopf. „Das darf doch alles nicht wahr sein. Warum fährt sie denn dahin, obwohl sie doch wusste, wie schlimm dass dort alles für sie war. Ich hab sie noch gewarnt, aber sie wollte nicht hören. Sie ist so stur." Robert wartete etwas mit seiner Antwort, dann versuchte er, Miros Verständnis für seine Nichte zu wecken: „Sie brauchte das, um sich klar zu werden, wie stark die Eindrücke der Vergangenheit noch sind. Das hätte ihr auch an jedem anderen Ort in diesem Land passieren können, mit Rauch und Militär. Sie konnte nicht wissen, dass ausgerechnet heute beides da sein würde." Marica betrat das Zimmer, Miro nahm sie in den Arm und erklärte ihr, dass es Mama nicht so gut gehe. Ihre Augen weiteten sich, und sie begann zu weinen.

Robert spürte, dass ihm flau um Magen wurde, weil sich hier ein Familienkonflikt zeigte, der schon am Abend vorher aufgebrochen war. Wie sollte es jetzt weitergehen? Safina müsste eigentlich in der Verfassung, in der sie jetzt war, möglichst weit von hier weg. Er selber wollte jetzt auch allmählich Richtung Deutschland fahren, nicht nur wegen Meike, sondern auch weil ihm alles zu viel wurde. Die letzten Tage waren emotional sehr dicht gewesen, er fühlte sich erschöpft, das merkte er jetzt, als er einfach so am Tisch saß und beobachtete, wie Mirco Marica im Arm hielt. Wie würde sie reagieren, wenn ihre Mutter mit ihm demnächst abfuhr? Oder würde sich Safina doch dafür entscheiden, hier zu bleiben. Dann stände es schlecht um ihr Asylverfahren, denn er wusste, dass demnächst wichtige Termine anstanden. Dann musste er eben allein fahren. Aber es musste dringend geklärt werden, und mit diesem unsicheren Gefühl begab er sich zu Bett.

Kapitel 19

Am einem der nächsten Tage fuhren sie Richtung Deutschland, als es Safina etwas besser ging. Sie hatte eines Morgens mit großem Ernst erklärt, sie wolle jetzt so schnell wie möglich dorthin, um alles Nötige zu regeln. Sie könne hier nicht bleiben, das Erlebnis sei zu schwer für sie gewesen. Sie deute es als ein Zeichen von oben, dass ihre Zukunft nicht hier in Bosnien sei, sondern in Deutschland oder einem anderen Land Europas. Roberta und Miro hatten ihr mit bedrückten Gesichtern zugehört und nicht widersprochen. Mit Marica hatte Safina unter vier Augen geredet, um ihr alles zu erklären, auch dass sie sie so bald wie möglich zu sich holen wolle. Beim Abschied weinte die Kleine und wollte ihre Mutter nicht loslassen. Erst als Roberta sie sanft aus Safinas Armen löste, konnten sie fahren. Im Auto saß Safina mit rotgeweinten Augen und starrte vor sich hin, fuhr sich immer wieder durch ihre Haare, die zerzaust waren und zu dem erschöpften Gesamteindruck passten, den sie auf Robert machte. Er hatte zu ihrer Entscheidung keinen Kommentar abgegeben, war traurig über das Ergebnis ihrer Reise, aber auch erleichtert, dass es nun heimwärts ging. Er machte sich allerdings Sorgen um die Frau auf dem Beifahrersitz, konnte ihre Belastbarkeit kaum einschätzen und hoffte, dass sie Deutschland bald erreichten mit einer Übernachtung wie auf der Hinreise. Dort, so hatte er ihr vorgeschlagen, solle sie so bald wie möglich einen Arzt aufsuchen. „Du bist doch einer", hatte sie geantwortet. Er könne sie nicht einfach so behandeln, dazu hätten sie schon zu viel miteinander erlebt, entgegnete er. Er fing noch mal mit der Traumatherapie an, die jetzt dringender sei als vorher, es habe sich ja gezeigt, wie tief die Vergangenheit noch in ihrer Seele niste. Aber sie schwieg dazu, und selbst auf das Argument, ein Gutachten könne ihr zum Aufenthalt in Deutschland verhelfen, ging sie nicht ein. Im Stillen hoffte Robert, sie würde sich noch überzeugen lassen, sobald sie Deutschland erreicht hatten. Ihr Aufenthalt lief in zwei Monaten ab, dann endete die Duldung, das wusste er.

Als sie Tuzla verlassen hatten, fuhren sie unter einer grauen Wolkendecke Richtung Autobahn. Es war so düster, dass Robert das Licht anschaltete. Als sie eine Weile gefahren waren, fragte Safina ihn, ob er Musik von Bach dabei habe. Ja, sagte er, eine CD mit der h-Moll-Messe. „Leg sie bitte ein" bat sie mit leiser Stimme. Als das große und majestätische Kyrie erklang, schloss Safina die Augen und legte den Kopf zurück. Die Schönheit und Traurigkeit der Klänge ergriffen sie, und in ihnen schwang das Furchtbare nach, das ihnen vor ein paar Tagen plötzlich und unerwartet begegnet war und sie nun verband. Die Schrecken eines Krieges und Terrors, der in den Seelen von Menschen fortlebte, auch wenn er längst vorbei war, der Seelen zerstörte, wenn nicht mächtige Gegenkräfte wirksam wurden. Die Musik von Bach konnte eine solche Gegenkraft sein, und deshalb hatte Safina sie mit Bedacht ausgewählt. Nach einer Weile – das Kyrie war verklungen – meldete Safina sich zu Wort: „Ohne die Musik wäre ich vielleicht schon tot. Ich weiß nicht, wie ich das alles ohne sie ausgehalten hätte. Ich habe mir eben vorgestellt, wie ich als junges Mädchen in der Scheune Geige geübt habe, weil Serba es im Haus nicht mehr hören wollte. Dann habe ich da auf einem Strohballen gesessen und hatte mein weißes Kleid an. Ich habe das schöne Kinderlied gespielt, das ich dir schon mal vorgesungen habe. Allah hat mich mit der Musik beschenkt, und nur deshalb kann ich das Leben aushalten." Sie schwieg, und Robert kamen die Tränen. Wieder berührten Safinas Worte sein Herz, und er wusste nicht, was er antworten sollte. Als der Chor einen Choral sang, setzte Safina ihre Rede über die Bedeutung der Musik fort: „Wenn ich in Deutschland bleiben kann, möchte ich so bald wie möglich in einem Orchester spielen. Auch wenn es ein Laienorchester ist und ich nicht viel Geld damit verdienen kann. Oder ich gebe Unterricht an einer Musikschule und spiele nebenbei in der Balkanband. Ich will mir eine kleine Wohnung nehmen, in der ich dann mit Marica leben kann. Und vielleicht sehen wir uns auch ab und zu." Dann legte sie eine kleine Pause ein und nahm Roberts Hand. „ Ich möchte dir danken für das, was du für mich tust. Ich will, dass wir Freunde bleiben." Robert spürte einen Kloß im Hals, und mühsam brachte er „Das will ich auch" heraus. Aber nach seinem Gefühl hätte er lieber gesagt, dass er Angst davor habe, sich nach der Ankunft in Deutschland von ihr zu trennen und sie aus den Augen zu verlieren. Er spürte eine große Kluft, die zwischen seinem und ihrem Leben lag, und gleichzeitig eine starke Verbindung zu ihr und ihrem Kampf für ein besseres Leben. Er würde sein Leben mit Meike fortsetzen oder beenden, und vor der Entscheidung hatte er Angst. Aber er wollte nicht darüber nachdenken, was diese Entscheidung, wie immer sie ausfiel, für seine Beziehung zu Safina bedeutete.

Als er auf die Autobahn fuhr, war der Chor beim Crucifixus angekommen, eine Passage, die Robert besonders liebte. Danach folgte das kraftvolle Resurrexit, und nach seinem Verklingen kam die Frage, die Robert befürchtet hatte: "Und wie geht es mit uns weiter?". Eine Frage, auf die Robert am liebsten nur ausweichende Antworten wie „Das sehen wir dann" oder „Ich weiß es nicht" gegeben hätte. Aber unter dem Eindruck der Musik wäre das zu banal gewesen.

„Wir werden uns nicht so schnell aus den Augen verlieren. Ich muss jetzt erst mal mit Meike reden, wie es mit unserer Ehe aussieht. Sie hat sich die ganze Zeit nicht gemeldet, keine SMS, wie es sonst ihre Art ist. Als nächstes werde ich dann versuchen, meine Arbeit wieder aufzunehmen. Ich will den Abstand nicht zu groß werden lassen. Und ich habe auch wieder Lust auf meine Praxis." Safina ließ seine Worte auf sich wirken und griff dann den letzten Satzteil auf. „Lust auf die Praxis? Wirst du dann deine Patienten behandeln wie vorher? Und was machst du, wenn ich als Patientin in deiner Praxis auftauche? Schickst du mich dann weg?" „Ich schicke dich dann natürlich sofort zu einem Kollegen." Robert merkte mit Erleichterung, dass der Humor langsam zurückkehrte, in den letzten Tagen hatten sie kaum gefrozzelt unter dem Eindruck der Ereignisse. Er fuhr in einem trägen Strom von Lastwagen, die höchstens 80 km fuhren, an kilometerlangen Baustellen südlich von Lubljana entlang.

Safina blieb hartnäckig: „Wenn du mich nicht als Patientin willst, wirst du mir dann trotzdem helfen?" Robert spürte, dass sie sich einem wichtigen Punkt näherten. Er steuerte einen Parkplatz an, sie stiegen aus und setzten sich wie auf der Hinreise an einen Steintisch. Safina zündete sich eine Zigarette an und blickte Robert aus ihren dunkelbraunen Augen fragend an. „Du bist mir noch eine Antwort schuldig." Robert wusste keine Antwort, sondern fragte zurück: „Wie kann ich dir helfen? Ich weiß es nicht, wirklich nicht, Safina." Er sah sie an, und er hoffte, dass sie ihm glaubte. Plötzlich fragte ihn Safina: „Kannst du mir bei diesem verdammten Gutachten helfen? Wenn es keinen anderen Weg gibt?" Robert wusste, dass jetzt viel von seiner Antwort abhing. Er bemühte sich, seine Antwort so positiv wie möglich ausfallen zu lassen. „Ich kann dir helfen, jemanden zu finden, der ein solches Gutachten machen kann. Ich selber kann das nicht, weil mein Attest über deinen Zustand von einem Ausländeramt nicht anerkannt wird. Aber ich kann dich begleiten und dich darauf vorbereiten."

Safina nickte. „Ja, das wäre gut. Ich möchte nicht allein sein, wenn sie mir ihre Fragen stellen und ich erzählen muss, was passiert ist." Sie warf ihre Zigarette in einen Papierkorb, nachdem sie sie ausgedrückt hatte. Sie ging zur Toilette. Dann fuhren sie weiter und erreichten gegen Abend Klagenfurt, wo sie dasselbe Hotel aufsuchten wie auf der Hinfahrt. Sie tranken noch ein Glas Rotwein an der Bar, sprachen über die Musik und den Komponisten Bach, dessen Musik sie auf der Reise begleitet und bewegt hatte. Safina äußerte den Wunsch, mit Robert in Deutschland ein Konzert mit seiner Musik zu besuchen.

Robert konnte dazu Ja sagen, und beide fühlten sich verbunden in der Erleichterung, nun nicht mehr in Bosnien zu sein und hinter sich zu haben, was sie auf der Hinreise am selben Ort bedrückt hatte. Als Safina schon zu Bett gegangen war, saß Robert noch eine Weile an der Theke, kippte noch einige Schnäpse und schrieb dann eine nüchterne SMS an seine Frau : „Komme morgen wieder nach Hause, spät. Gruß Robert." Dann begab er sich nicht mehr ganz nüchtern zu Bett.

Kapitel 20

Sie standen früh auf, frühstückten und waren schon um 8 Uhr auf der Fahrt Richtung Autobahn. Da sie noch eine Fahrt von etwa zwölf Stunden vor sich hatten und Robert nicht so spät nach Hause kommen wollte – vorher musste er noch Safina nach Hause bringen -, hatte er zum Aufbruch gedrängt. Sie fuhren in der Morgendämmerung die lange Steigung der Tauernautobahn Richtung Salzburg, nur wenige Autos waren an diesem nebligen Samstag unterwegs. Links und rechts sahen sie die in Nebel gehüllten Bergmassive. Nach etwa 50 km musste Robert die Autobahn wegen einer Baustelle verlassen und fuhr über Serpentinen talwärts, um zur nächsten Auffahrt zu gelangen. Sie kamen durch einige Wintersportorte mit riesigen Hotels, die kastenförmig um den Ortskern in der Landschaft standen . „Furchtbar, diese

Verschandelung der Landschaft", entrüstete sich Robert, und Safina pflichtete ihm bei. Sie war müde, schon beim Frühstück sehr einsilbig, und Robert ließ sie einfach in Ruhe. Sicher fürchtete sie die Rückkehr nach Deutschland und das, was dort auf sie wartete, und dachte an die schwierigen zurückliegenden Tage. Da er sie dabei nicht stören wollte, legte er aus seiner CD-Sammlung, die er im Auto immer mit sich führte, Klaviermusik von Mozart ein.

Ernst, aber nicht zu schwer, dachte er sich, außerdem passte die Musik zu Salzburg, der Stadt, in der Mozart einen guten Teil seines Leben zugebracht hatte, und von der sie nur noch etwa 100 km entfernt waren.

An einer Biegung im Tal bat ihn Safina plötzlich, anzuhalten. Verwundert ließ Robert das Auto am schmalen Straßenrand ausrollen. „Was ist?", fragte er und blickte auf Safina, die Anstalten machte, aus dem Auto auszusteigen. „Komm einfach mit", antwortete sie knapp, wie es ihre Art war. Sie ging auf eine Wiese mit Zäunen zu, Robert folgte ihr. Das Gras war feucht, und schon nach kurzer Zeit waren die Schuhe durchnässt. Was soll das, dachte Robert, und blieb stehen. Safina ging unbeirrt weiter, ohne sich umzuschauen. Sie lief auf einen der Zäune zu und blieb stehen. Eine Weile geschah gar nichts, nur ein sachtes Vogelzwitschern war zu hören. Dann nahm Safina aus der Stille heraus einen Anlauf und versuchte mit einem gewaltigen Schrei den Zaun zu überqueren. Den Sprung über den Zaun, von dem sie so oft gesprochen hatte, führte sie vor Roberts Augen aus. Mit dem Fuß blieb sie an der obersten Latte hängen und fiel wie ein Vogel im Sturzflug auf der anderen Seite ins Gras. Dann wieder Stille. Robert rannte auf sie zu, um ihr zu helfen, aber da war sie schon aufgestanden. Mit hochgereckten Armen und lachend rief sie: „Ich werde es schaffen, ich komme drüber, auch wenn es weh tut." Als Robert sie erreicht hatte, und in den Arm nahm, schluchzte sie lange und schlang ihre Arme so fest um seinen Oberkörper, dass es fast weh tat und er nach Luft rang. Erst nach einer Weile löste sie sich von ihm und wiederholte: „Ich werde es schaffen, und du hilfst mir dabei." „Ja, du wirst es schaffen. Der Zaun ist ziemlich hoch, und du hast es trotzdem geschafft, drüber zukommen." Sie blickten noch einmal auf den Ort des Geschehens, als wollten sie es als inneres Bild verankern und mitnehmen. Einige dunkle Wolken zogen am Himmel vorbei, gaben plötzlich die Sicht auf ein Stück blauen Himmels frei, ein Sonnenstrahl verirrte sich Richtung Erde, bildete einen hellgelben Flecken in ihrer Nähe. Vollkommen still und friedlich lag das Tal, von hohen Bergen eingerahmt, vor ihnen. Sie gingen langsam zum Auto und setzten ihre Fahrt fort.

Nach etwa zwei Stunden Fahrt erreichten sie Salzburg. Robert bog von der Ausfahrt ab Richtung Stadt. Safina fragte erstaunt, was er denn dort vorhabe , sie wollten doch heute noch nach Deutschland." Lass uns ein wenig diese großartige Stadt genießen, das wird uns guttun", antwortete Robert. Als sie angekommen waren und das Auto am Rande der Innenstadt abgestellt hatten, durchquerten sie die historische Altstadt mit ihren bunt bemalten Häusern. In einem typisch österreichischen Cafe mit roten Plüschsesseln tranken sie einen großen Milchkaffee. „Ich will dieses Gutachten, ich will es. Ab morgen werde ich mich darum kümmern, mit deiner Hilfe." Dem war nichts hinzuzufügen, dachte Robert und reichte Safina die Hand. „Abgemacht", sagte er. Nachdem sie noch eine Weile durch die Altstadt gewandert waren und Kuchen für unterwegs gekauft hatten – Safina bestand auf Zuckerkuchen- kamen sie an einer barocken Kirche vorbei, aus der Orgelmusik ertönte. „Lass uns da reingehen", bat Safina. Sie setzten sich auf eine der Holzbänke in den hinteren Reihen und lauschten der Musik. Romantische Orgelmusik erklang, und Safina saß mit verzaubertem Gesicht da. „Das ist wunderbar, hörst du die zarten Pfeifen?" „Ja", antwortete Robert, der zu Kirchenmusik wie überhaupt zur Kirche wenig Beziehung hatte und immer ein Gefühl von dunkler Schwere empfand, wenn er in einer Kirche saß, schon in Kindertagen war da so. Aber diese Musik ergriff auch sein Herz, der Klang von tragenden Akkorden schwebte durch die Kirche. Eine ganze Weile ging das so, bis der Organist mit einigen mächtigen Akkorden sein Stück beendete. Noch eine längere Weile hallte der Schlussakkord in der sich ausbreitenden Stille nach, und sie waren in Andacht versunken. Dann drückte Robert Safinas Hand und erinnerte sie daran, dass sie noch eine lange Fahrt vor sich hätten. Safina seufzte. „Ach ja, hier könnte ich jetzt bleiben, das hier ist wie ein Schutzraum . In einer Kirche kann einem nichts Schlimmes passieren. Da draußen ist es leider anders." Robert stimmte ihr zu, dann verließen sie langsam den Kirchenraum und machten sich durch die belebte Fußgängerzone auf den Weg zum Auto. Die Sonne hatte sich durchgekämpft, sie gingen zögerlich, fast widerwillig. Safina studierte immer wieder die Konzertplakate, die an den vielen Litfaßsäulen hingen. Sie war entzückt und drückte ihre Begeisterung aus, indem sie Robert immer dorthin zog, wo sie wieder ein musikalisches Event entdeckte. „Das ist ja unglaublich, was hier los ist", entfuhr es ihr mehrfach. Robert ging immer vorneweg, um weiterzukommen, aber es war zwecklos. Safina hatte die Lust gepackt in dieser Stadt der Musik, und sie würde nur schwer von hier fortzubewegen sein. Auf dem Weg zum Auto kamen sie an einer Eck der Fußgängerzone vorbei, an der eine kleine Combo von fünf Männern spielten, offenbar Musik vom Balkan. Das war schon an den Instrumenten zu erkennen. Zwei Violinen, ein Akkordeon, Kontrabass und Trommel brachten mit fetzigen Klängen eine Gruppe von Menschen, die um sie herumstand, in Bewegung. Safina stellte sich sofort dazu und fügte sich mit tänzerischen Bewegungen in das Geschehen ein. Robert betrachtete sie aus dem Hintergrund, ihre anmutigen Gesten , die die Musik zu untermalen schienen, erfüllten ihn mit Freude und Stolz. Er war es, die sie auf ihrem Weg begleiten durfte und die schweren und schönen Momente mit ihr teilte. Jetzt erlebten sie eine Zeit der Leichtigkeit und Freude, in Salzburg, für einige wenige Stunden. Er sah auf die Uhr, es war schon vier, er dachte an Safinas Sätze über ihren Ex-Mann, der sie jetzt wohl auf die fortgeschrittene Zeit hinweisen würde. Also ließ er ihr dieses schöne Erlebnis. Nach einer Weile kam Safina auf ihn zu, ihr Gesicht strahlte. Aber die Wehmut war nicht zu überhören, als sie sagte: " Wenn ich meine Violine dabei hätte, würde ich sofort mitspielen. Das ist genau meine Musik." Robert nickte, er hätte sehr gerne miterlebt, wie sie zum Tanz aufspielte. Schweren Herzens lösten sich Robert und Safina von diesem Ort, verließen diese musikalische Stadt, um ihre Reise fortzusetzen. Nachdem sie das Auto eine Weile suchen mussten und zur Autobahnauffahrt gefunden hatten, fuhren sie in einem dichten Strom von Autos Richtung München. Nach einem längeren Stau hinter München ging es dann Richtung Frankfurt, die Dunkelheit der anbrechenden Nacht machte für Robert die Fahrt mühsam und anstrengend. Sie sprachen kaum ein Wort, nur das Nötigste, beide waren in Gedanken an die schwierigen Aufgaben, die nun in Deutschland vor ihnen lagen, versunken. Sie hörten Musik vom Balkan, aber die Leichtigkeit von Salzburg entfernte sich mit jedem Kilometer von ihnen. Nachdem sie die Autobahn kurz vor Frankfurt verlassen hatten, steuerten sie Safinas Wohnort an. Dort umarmten sie sich, Safina war todmüde und erschöpft und sagte nur leise „Danke, ich melde mich", entschwand mit ihrer abgewetzten Tasche im Hauseingang. Robert spürte, wie die Tränen in ihm aufstiegen, drehte den Schlüssel und startete den Wagen, um sich nicht dieser Stimmung auszuliefern. Irgendwann im Laufe der Nacht erreichte er seinen Wohnort, schloss leise die Wohnungstür auf und suchte sofort das Schlafzimmer auf. Niemand erwartete ihn, Meikes Bett war leer.

Kapitel 21

Am nächsten Tag wachte er auf, tastete nach seiner Uhr und stellte fest, dass er bis fast 10 Uhr geschlafen hatte. Er rieb sich die Augen und blickte aus dem Fenster. Eine frühsommerliche Stimmung, milchiges, etwas trübes Sonnenlicht fiel auf Blätter, die sich in sattes Grün zu kleiden begannen. Er bediente die Kaffeemaschine und brachte mit einer großen Tasse Kaffee seinen Kreislauf in

Schwung. Er fühlte sich seltsam leer, so wie die Wohnung, in der außer ihm niemand war. Gegen Mittag meldete sich Meike auf seinem Handy. „Hallo", klang es sehr nüchtern aus dem Hörer, „ich bin seit einigen Tagen bei einer Freundin, ich glaube es wäre gut, wenn wir mal reden. Aber nicht in der Wohnung, sondern woanders." Er antwortete, dass er seit gestern Nacht wieder aus der Schweiz zurück sei, aber das schien sie nicht näher zu interessieren. Sie verabredeten sich auf ihren Vorschlag hin gleich am Nachmittag in ihrer Lieblingskneipe Einstein.

Sie kam gegen fünf Uhr, er war schon eine Weile da mit einer großen, halbleeren Tasse Milchkaffee. Sie hängte ihre Jacke auf und setzte sich zu ihm an ihren gewohnten Tisch, der etwas abseits von den anderen im hinteren Bereich stand. Das Lokal war halb leer, und die Kellnerin stand gelangweilt am Tresen. Meike sah ihn mit einem Gesicht an, in das viele ungelöste Fragen eingezeichnet waren, hatte ihn nicht umarmt, wie es nach längerer Trennung zwischen ihnen üblich und eigentlich zu erwarten war. Er fühlte sich unsicher und stellte sich auf kritische und unangenehme Fragen ein. Sie ließ sich damit Zeit, bestellte erst einmal einen Kaffee und zündete sich eine Zigarette an, deren Rauch sie geräuschvoll in ihre Lungen zog und wieder ausatmete, ohne ihn dabei anzusehen. Damit erhöhte sie die Spannung und den Druck auf ihn. Dann kam die erste Frage, der eine Feststellung vorausging: „Du warst nicht in der Schweiz, zufällig habe ich über einen Anruf dorthin von seiner Freundin erfahren, dass er zu Zeit im Ausland weilt. Wo warst du also?" Scheiße, dachte er, woher hat sie die Nummer, sie hatte sich nie für Toni und seine Freundin interessiert. Was sollte er nun antworten? „Ich war einige Zeit allein unterwegs, in den Bergen, ich brauchte einfach die Zeit, war in einem Hotel in der Nähe vom Genfer See. Ich hatte gehofft, dass Toni bald zurück kommt, aber er musste länger in Spanien bleiben, aus geschäftlichen Gründen. Also habe ich die Zeit für mich genutzt." Sie hatte sich zurückgelehnt, die Hand mit der Zigarette hielt die Tischkante fest. Prüfend blickte sie ihn an, in ihrem Blick lagen Misstrauen und eine Spur von Geringschätzung. „Und das soll ich dir glauben? Vielleicht hast du ja mit seiner Freundin rumgemacht oder mit einer anderen Frau im Hotel. Ich will das gar nicht so genau wissen. Es handelt sich fast um eine logische Entwicklung unserer Ehe, die schon länger nicht mehr den Namen verdient. Du hast kaum die Therapie beendet und mir mit wenigen dürren Worten davon erzählt, dann fährst du angeblich in die Berge, statt erst mal mit mir zu klären, wie es weitergeht. So wie du es vor deinem Klinikaufenthalt versprochen hast." Sie schnippte die Asche in den dafür vorgesehenen Becher und fuhr mit ihrer Anklage fort, ohne eine Entgegnung abzuwarten. „Das spricht Bände. Mein Vertrauen zu dir ist dahin, und ich habe zur Zeit keine Lust, mit dir zusammenzuleben und den Alltag zu teilen. Deshalb bin ich zu Susanne gegangen, und da bleibe ich erst mal." Er wusste nicht, was er dazu sagen sollte, spürte das tiefe Gefühl von Resignation, das sich in der letzten Zeit fast zwangsläufig einstellte, wenn sie sich sahen oder aussprachen. Meist machte sie ihn mit ihren Analysen der Ehe und mehr oder weniger berechtigten Vorwürfen sprachlos, dabei fühlte er, dass sie wohl recht hatte. Er hätte es auf andere Weise auch sagen können, überließ es aber ihr. Er hatte wieder einen groben Fehler gemacht mit dieser Reise, von der sie nichts wusste und hoffentlich auch nichts erfahren würde. Sie würde ihn dafür verachten. Ihre Freunde und Bekannte würden ihn dafür verspotten, dass er sich auf ein solches Unternehmen eingelassen hatte. Mit einer offensichtlich traumatisierten Fremden nach Bosnien zu fahren, und das als Psychiater. Er müsste es doch besser wissen, und das war der beste Beweis für seine berufliche Untauglichkeit. Seine Erwiderung, er habe mit ihr nach seiner Reise ja reden wollen, klang für ihn selbst schwach und wenig überzeugend. Ihre Reaktion war dementsprechend kalt und abweisend. „Das kannst du erzählen, wem du willst. Aber selbst wenn dem so wäre, ist es jetzt zu spät. Ich werde mir gut überlegen, ob es eine Trennung auf Zeit oder auf Dauer ist. Dazu wirst du wenig beitragen können. Ich werde das mit meiner Therapeutin, die ich seit einer Woche habe, besprechen.

Und mit dir, wenn überhaupt, in einer Eheberatung. Gespräche mit dir zu zweit bringen mir nichts."

Sie drückte die Zigarette aus, fast symbolisch, denn damit war das recht kurze Gespräch für sie beendet. Sie erhob sich rasch, trank einen letzten Schluck Kaffee und teilte ihm kurz und knapp mit, dass sie sich bei ihm melden werde. Dann zog sie ihre Jacke an und entschwand mit schnellen Schritten aus dem Lokal. Er saß mit einem Gefühl da, als habe ihn gerade jemand über eine schwere Krankheit aufgeklärt, mit der er von nun an leben müsse. Vielleicht war es eine Krankheit, eine Ehe aufrecht zu erhalten, die keine mehr war, weil sie sich nicht mehr dazu entschließen konnten, mit ihren Unzulänglichkeiten zu leben. Und weil neben dieser Unentschlossenheit eine Frau in sein Leben getreten war, die nichts als unerfüllte Sehnsucht verhieß, die vermutlich ebenso bald wie Meike aus seinem Leben verschwinden würde. Dann kämen das Alleinsein und das Bedauern über das ungelebte Liebesleben, wie eine Krankheit, deren Ursache nicht zu heilen war, weil er sich nicht für Meike oder wen auch immer wirklich entscheiden konnte. Für eine Liebe, die den Namen verdient.

Er zahlte und verschwand, ohne Ziel und mit traurigem Herzen.

Kapitel 22

Nach einer für sie recht kurzen Nacht mit einem Traum, in dem viele Zäune vorkamen, duschte sich Safina ausgiebig, als wolle sie sich die Spuren ihrer Reise von ihrem Körper waschen. Sie fühlte sich frisch und voller Tatendrang, was sie erstaunte angesichts der zurückliegenden Tage. Aber ihre Entscheidung und damit verbundene Hoffnung beflügelte sie. Draußen regnete es, und sie hörte das sachte Rauschen, das sie beruhigte. Eine Weile saß sie an ihrem kleinen Holztisch in der Küche, vor sich eine dampfende Tasse starken Kaffees – sie brauchte ihn so, ohne Milch und Zucker – und überlegte. Was sollte sie als nächstes tun? Robert anrufen, wegen des Traumagutachtens? Nein, keine gute Idee, der würde jetzt erst mal einiges mit seiner Frau zu bereden haben. Ihre Freundin? Sie versuchte es, aber aus der Muschel tönte nur das sich geduldig wiederholende Freizeichen. Ihre Rechtsanwältin, natürlich. Die musste schließlich wissen, wozu sie sich entschieden hatte, um das dazu Nötige in die Wege zu leiten. Eine aufschiebende Wirkung beim Ausländeramt, bis ein Gutachten erstellt war. Das konnte dauern, hatte Robert gesagt.

Frau Becker, ihre Anwältin, war sogar zu erreichen und freute sich ganz offensichtlich, dass Safina das tun wollte, was womöglich die einzige Maßnahme war, um nach geltendem Recht einen Aufenthalt zu erwirken. Für das

Verfahren insgesamt sehe es sonst schlecht aus, das Ausländeramt in dieser Region sei zur Zeit ziemlich strikt bei Asylanträgen. Es gebe eben keinen Krieg mehr in Bosnien, und auch sonst gebe es keine politischen oder sonstigen humanitären Gründe in ihrem Fall. Es werde alles noch einmal von einem Oberverwaltungsgericht geprüft, aber sie sähe nur geringe Chancen. Mit einem positiven Traumagutachten sehe das schon anders aus. Sie nannte ihr eine Organisation in Frankfurt, die solche Gutachten anfertige, die auch vor Gericht Bestand hätten. Das könne allerdings dauern. Sie werde dort versuchen, einen Termin zu erwirken, manchmal dauerten die Untersuchungen mehrere Tage, dann noch einige Wochen bis zur Anfertigung. Sie werde auch eine Eingabe beim Ausländeramt machen und gab ihr noch einen Termin. Safina antwortete, sie kenne jemanden, der sich auskenne und ihr bei dem Verfahren helfen könne. Gut, sagte die Anwältin. Sie bedankte sich und legte auf. Sie fühlte sich nun nicht mehr so gut und überlegte, was zum Stimmungswechsel geführt haben könnte. Dass es um ihr Verfahren insgesamt nicht gut stand, wusste sie ja. Das konnte es eigentlich nicht gewesen sein. Dann fiel ihr der Satz der Anwältin ein: „Das kann mehrere Tage dauern." Was würden sie an diesen Tagen mit ihr machen? Wieso dauerten solche Gespräche so lange, was musste sie alles offenbaren? Und wieso hatte ihr Robert nichts davon gesagt? Hatte sie sich zu schnell entschieden? Sie spürte wieder die Wut und Ohnmacht in sich aufsteigen, die sie seit dem Krieg immer befielen, wie zwei Quälgeister, die sich verbündet hatten. Was konnte sie dafür, wieso war das so ein Hürdenlauf? Was mussten Menschen tun, damit sie vor Gefahren sicher waren? Was musste sie noch auf sich nehmen, um einfach an dem Ort zu bleiben, wo sie jetzt war? Es brauchte doch nur ein freundlicher Arzt wie Robert festzustellen, dass sie seelisch angeschlagen und tief getroffen war von den Ereignissen. Das war doch offensichtlich. Aber sie glaubten vielen Menschen aus anderen Ländern einfach nicht oder dachten, dass sie nur Lügengeschichten erfinden, um einen Aufenthalt zu bekommen. Was für eine verkehrte Welt. Die, denen Gewalt und Leid zugefügt worden war, mussten nun beweisen, dass es so gewesen war. Warum fuhren diese Politiker und Richter nicht mal nach Bosnien, um mit den Leuten zu reden? Dann würden sie die Wahrheit über diesen Krieg schon erfahren. Sie begab sich nun in die Hände von fremden Menschen, die nichts über ihr Land und ihre Herkunft wussten und doch über ihr Schicksal entscheiden würden. Es hing allein davon ab, ob sie sie überzeugen konnte.

Bei diesem Gedanken kamen ihr die Tränen, eher der Wut als der Trauer. Aber da musste sie nun durch, das wusste sie, da half kein Klagen. Sie würde es denen schon zeigen, und auf keinen Fall durfte sie ihren Stolz verlieren. Sie erhob sich, nahm eine Plastiktüte, wie immer, wenn sie zum kleinen Supermarkt um die Ecke ging, um einzukaufen. Sie hatte fast nichts mehr im Haus, außer Kaffee, verschimmeltem Brot und angegilbtem Käse. Auch ihre Geldbörse war leer, die Reise hatte mehr oder weniger Robert bezahlt. Sie verließ die Wohnung und ging zur Sparkasse, um Geld abzuheben, hoffte, dass ein wenig von dem, was ihr monatlich zustand, auf dem Konto gelandet war. Der Regen hatte aufgehört, der Himmel war grau, sie ging langsam die menschenleere Straße hinunter ins Zentrum ihres Ortes.

Kapitel 23

Safina wachte am nächsten Morgen auf, es war dunkel um sie herum, sie versuchte Licht zu machen, doch das Licht funktionierte nicht. Sie tastete nach einem Lichtschalter, stolperte über ein auf dem Boden liegendes Kleidungsstück, fiel hin. Plötzlich nahm sie den Geruch von etwas Verbranntem wahr. Es kam aus der Küche, sie lief verzweifelt dorthin. Auf dem Herd stand ein Topf mit einem Rest von Spinat, ihrem Lieblingsgemüse, das sie sich gestern Abend noch zubereitet hatte. Offensichtlich hatte sie vergessen, den Schalter auf null zu stellen, und so war der Spinat im Laufe der Nacht zu einem schwarzen Klumpen geworden. Wütend schleuderte Safina den Topf auf den Boden, mit einem lauten Scheppern landete er vor dem Kühlschrank und hinterließ dort einen grünen Fleck. Sie setzte sich und schluchzte vor sich hin, ihre Hände suchten etwas, an dem sie sich festhalten konnten und fanden schließlich eine Kanne, in der noch etwas Tee vom Vortag war. Sie trank in großen Schlucken und merkte, dass ihr die Flüssigkeit gut tat. Sie fühlte sich ausgetrocknet, müde und leer. Immer wenn ihre kleineren oder größeren Wutanfälle, die aus ihrer Angst geboren wurden, vorbei waren, fühlte sie sich so wie an diesem Morgen. Wann war das endlich vorbei, dieses Leben zwischen Angst, Wut und kleinen Episoden der Freude, die aber zu kurz waren, um den glimmenden Docht der Lebendigkeit in ihr anzufachen? Sie hatte genug von diesem Zustand, und sie wollte, dass jemand sie befreite und aus der Einsamkeit und Schwere dieser Wohnung entführte, in der sie ihr Leben zubrachte. Aber nicht wirklich lebte, denn es war alles zu leblos und ohne Bedeutung, was in dieser Wohnung herumstand, die Möbel und alles andere hatten keine Beziehung zu ihr. Es zog sie fort, aber es gab keinen Ort außer diesem, wo sie für längere Zeit sein konnte. Wie gerne wäre sie jetzt in Roberts Nähe, er war im Moment der Mensch, der am meisten wusste, was mit ihr los war und angemessen reagieren konnte. Wie gerne hätte sie jetzt mit ihm in seiner Küche gesessen und gefrühstückt. Eine Küche, die sicher schön hell und modern eingerichtet war und nicht so schrecklich unaufgeräumt war wie ihre. Wenn sie die viel zu kleinen Fenster öffnete, wurde es kaum richtig hell in ihrer Wohnung. Aber sie war froh, dass sie eine hatte, deren Miete überhaupt erschwinglich für sie war.

Sie dachte an Robert. Was würde er jetzt machen? Saß er vielleicht mit seiner Frau am Küchentisch und redete mit ihr über seine Liebe zu ihr? In die jetzt wohl ein noch dunklerer Schatten eingefallen war? Wusste sie etwas, oder spielte er den unschuldigen Ehemann, der von einer Reise zurückgekehrt war, die nichts weiter zu bedeuten hatte? Hatte er vielleicht mit ihr geschlafen, so als ob nichts vorgefallen war, um ihre Zweifel zu zerstreuen? Sie schob ihre Gedanken beiseite, sie wusste, dass, wenn sie so weiter phantasierte, der ganze Tag im Eimer war und sie irgendwann im Bett liegen würde, die Decke über den Kopf gezogen. Um der Welt und ihren Zumutungen zu entkommen. Sie ging zur Spüle und begann das schmutzige Geschirr vom Vortrag zu spülen, eine Tätigkeit, die sie mit Hingabe vollzog, weil sie eine äußere Ordnung herstellte, die sie von ihrem inneren Durcheinander ablenkte. Tasse für Tasse, Teller für Teller und Messer für Messer hielt sie unter das fließend warme Wasser, rieb und reinigte alles, bis es in ihren Augen die nötige Sauberkeit hatte, um es in einen Ständer für Geschirr zu stellen. Als sie fertig war, betrachtete sie sie ihr Werk und atmete tief durch. Sie ging duschen und beschloss, Robert anzurufen.

Als sie ihn versuchte anzurufen, meldete sich zunächst einmal die Mailbox. Sie bat ihn um Rückruf. Sie wusste nicht, wie sie die Zeit verbringen sollte, ging spazieren. Als sie mitten im Wald war, meldete sich Robert auf ihrem Handy. „Hallo, wie geht`s dir?" Wie sollte es ihr schon gehen? „Danke, es geht", entfuhr es ihr, und ohne lange zu überlegen, fragte sie ihn, warum er sich noch nicht gemeldet hatte. „Das hört sich aber vorwurfsvoll an, du wolltest dich doch melden, wenn du Bescheid bekommst über deinen Termin." „Ach so, meinen Termin. Den gibt es noch nicht. Ich warte, bis sich meine Anwältin bei mir meldet, die hat den Kontakt hergestellt. Mir geht es nicht gut, falls es dich interessiert." Eine Weile war es still im Hörer. „Mir auch nicht, meine Frau ist ausgezogen." Wieder Stille. „Das tut mir echt leid. Ist sie dahinter gekommen?" fragte Safina mit belegter Stimme. „ Nein, aber sie zweifelt jetzt alles an, was ich ihr sage. Das Vertrauen ist weg. Aber das ist schon länger so. Jetzt war es ein Schlussakt in unserem Drama. Ich bin traurig, aber das Schlimme war vorher und ist jetzt vorbei." Roberts Stimme klang in Safinas Ohren sehr fremd, er sprach fast tonlos, wie ein Sprechcomputer. „Was machst du jetzt?" Wieder so eine bescheuerte Frage, dachte sie, und merkte, dass das Gespräch sich verlief und sie sich nicht traute, Robert zu bitten, zu ihr zu kommen, um ihr Angstgefühl zu vertreiben. Sie spürte, wie ihr die Kälte des Tages unter den Mantel kroch.

Das feuchte Laub raschelte zu ihren Füssen, und es war unheimlich still im Wald, zwischen den Bäumen hing leichter Nebel. Es begann leicht zu nieseln. Sie setzte sich auf einen Baumstumpf. Robert hatte immer noch nicht geantwortet. „Bist du noch dran?" „Ja", kam es deutlich aus dem Hörer. „Ich weiß es noch nicht." „Was?" „Du hattest gefragt, was ich jetzt mache". „Ach so, ja." Safina merkte, wie sie Robert verlor, und versuchte ihn mit ihrem Anliegen zu erreichen. „Kannst du in den nächsten Tagen zu mir kommen? Ich habe Angst vor dieser Untersuchung." Sie hörte, wie Robert schwer atmete. Dann die Antwort. „Safina, ich kann jetzt nicht kommen. Ich bin ziemlich durcheinander, sitze allein in einer Wohnung, die vor kurzem noch zwei verheiratete Menschen bewohnt haben. Meine Praxis ist immer noch geschlossen, mein Kontostand negativ. Ich muss mich jetzt um einiges hier kümmern und bitte dich um Verständnis, dass es im Moment nicht geht." Sie spürte, wie die Verzweiflung in ihr aufstieg und auch Panik. „Du hast es mir versprochen. Noch vor ein paar Tagen, auf unserer Rückfahrt. Du kannst mich jetzt nicht hier hängen lassen. Jeden Tag können die anrufen, und dann muss ich dahin. Du weißt was das für mich bedeutet." Sie merkte, wie weinerlich ihr Ton wurde und bemühte sich, sich mit kleinen Atemübungen zu beruhigen. „Ich habe die Entscheidung getroffen, weil ich mich auf deine Hilfe verlassen habe. Allein schaffe ich das nicht." „Gib mir etwas Zeit, ich melde mich in ein paar Tagen bei dir", lautete die knappe und nüchterne Antwort. „Das kannst du nicht mit mir machen", schrie sie ins Telefon, „du bist der einzige, dem ich vertraue und der mir helfen kann." „Machs gut, ich kann im Moment einfach nicht. Ich melde mich. " Ein kleines Geräusch in der Leitung, dann war nichts mehr zu hören. Sie warf wütend das Handy in den Wald und rief laut „Scheiße" in die Einsamkeit, die sie nun vollkommen einschloss. Erst nach einer Weile trat sie den Heimweg an, und sie hatte das Gefühl, als habe sich nun alles gegen sich verschworen. Der Regen wurde stärker, und erst langsam begann sie wieder klar denken zu können. Sie dachte daran, dass sie nun wieder auf sich gestellt war. Das Gefühl kannte sie, und mit jedem Schritt wuchs ihre Entschlossenheit, sich dem zu stellen, was nun kommen würde. Allah würde ihr schon beistehen, wenn schon sonst niemand in ihrer Nähe war. Sie setzte den MP3- Player auf und hörte Chopins Klavierkonzert und versuchte, ihr inneres Gleichgewicht wiederzufinden, wie schon tausendemale in ihrem Leben.

Kapitel 24

Robert saß in seiner Praxis, die genauso aussah, wie er sie vor einigen Wochen verlassen hatte. Er hatte sich ein Zigarillo angesteckt, ein paar bewahrte er immer in seiner Schreibtischschublade auf, für besondere Stresssituationen. Gerade hatte er das Telefonat mit Safina beendet, legte sein Handy auf den Tisch. Er hatte ein schlechtes Gewissen. Am liebsten hätte er noch mal angerufen und sich entschuldigt. Bestimmt war sie jetzt ziemlich verzweifelt, fühlte sich verlassen, ein Zustand, den sie ihm auf der Reise mehrfach geschildert hatte. Aber was sollte er machen? Er hatte im Moment kaum Kraft und Energie, um die Dinge zu tun, die nötig waren, ein halbwegs normales Leben zu führen. Normal? Was war schon normal. Meike hatte ihn verlassen, im Wartezimmer saß kein einziger Patient, er musste erst mal alles wieder in Gang bringen. Alles lief irgendwie gegen ihn, und es kam eine tiefe Wut in ihm hoch. Er hatte sich um andere Menschen gekümmert, auch um Meike in den letzten Monaten vor der Trennung. Öfter hatte er sie zum Essen eingeladen, sie hatte immer wieder ausgeschlagen. Auch Gesprächsangebote hatte er gemacht. Aber sie wollte nicht, war immer wieder beim Yoga, bei Freundinnen und ihm gegenüber kurz angebunden. „Ich bin dann mal weg." Jetzt war er in ihren Augen schuldig, weil er diese Reise gemacht hatte, die er nicht erklären konnte.

Safina. Er spürte auch seinen Ärger auf sie, den er durch seine Zurückweisung am Telefon zum Ausdruck gebracht hatte. Warum hatte er sich zu dieser Reise verführen lassen? Was hatte sie überhaupt gebracht, außer einer Reihe von Konfrontationen, die sich hätten vermeiden lassen. Und dann diese verrückte Idee, zu diesem Ort in den Bergen zu fahren. Aber er war ja selber schuld, er war zu allen diesen Aktionen bereit gewesen und hatte sie überall hingefahren, wo sie hin wollte.

Jetzt, mit etwas mehr Abstand, schämte er sich dafür, dass er sich benommen hatte wie ein Mann, der seinen Faden und seine Kontrolle verloren hatte, weil ihm irgendeine Frau begegnet war, die jünger und geheimnisvoller war als die eigene Frau. Wie oft hatte er solche Geschichten in seiner Praxis gehört. Auch den fatalen Ausgang, die sie meist hatten. Jetzt war ihm dasselbe passiert, und er musste so schnell wie möglich aus dieser Geschichte raus, wenn er überhaupt noch eine Chance bei Meike haben wollte. Er durfte Safina erst mal nicht sehen. Auch wusste er nicht, ob sie wirklich dieses Gutachten machen lassen würde, so schwankend wie sie oft gewesen war. Vielleicht hatte sie sich schon dagegen entschieden. Er nahm sich vor, momentan nur telefonisch oder brieflich mit ihr zu verkehren, und beschloss, ihr am Abend dieses Tages zu schreiben. Nachdem er noch einige Telefonate erledigt hatte, setzte er sich an den Schreibtisch in seiner Praxis – er wollte nicht allein in der Wohnung sein - und legte einen Briefbogen vor sich. Dazu öffnete er eine Flasche Cognak, die ihm ein Patient geschenkt hatte. Er saß vor dem leeren Blatt und überlegte, mit welchen Worten er ihr seinen Gefühlszustand beschreiben konnte, ohne sie zu sehr zu verletzen. Dann begann er zu schreiben, sehr zögerlich und holprig, wie er fand . Er war kein Briefschreiber, meist begnügte er sich mit knappen E-Mails. Am Ende des Briefes, in dem er sie bat, mit ihm zu telefonieren oder schriftlich zu antworten, standen folgende Worte: „Liebe Safina, denke bitte nicht, dass ich dich nicht vermisse. Genau das tue ich, und es ist mein Problem, dass ich wieder Ordnung in mein Gefühlsleben bringen muss. Sonst kann ich nicht mein normales Leben führen, was ich jetzt wieder muss. Ich denke an Dich und bin innerlich bei dir, wenn du die Gespräche führen musst. Vielleicht komme ich ja dann auch, ich weiß es nicht, wann du den Termin hast. Nur im Moment geht es einfach nicht. Sonst verliere ich Meike endgültig, ich habe da nur noch eine kleine Chance. Machs gut, alles Liebe Dein Robert." Er trank das Glas Cognak leer, las den Brief mehrfach durch und verbesserte das eine oder andere. Dann rollte er eine Matratze aus, die er für alle Fälle immer in seiner Praxis hatte, löschte das Licht und versuchte zu schlafen.

Sie hatte mehrere Tage nichts gehört und auch nicht mit Robert telefoniert. Ihre Rechtsanwältin hatte sich nicht gemeldet, auch sonst niemand. Sie wartete und wartete, die Zeit dehnte sich, manche Tage saß sie nur da und dachte vor sich hin. Sie zappte sich durch nichtssagende Fernsehprogramme. Wenn die Stille um sie zu bedrückend wurde, hörte sie Musik oder putzte durch die Wohnung, wieder und wieder, als müsse sie etwas entfernen, was ihre Gesundheit bedrohte. Sie schlief schlecht und lag lange wach, und oft fiel sie erst gegen Morgen in einen längeren traumlosen Schlaf.

Eines Morgens kam dann Roberts Brief. Sie öffnete ihn hastig und las. Immer wieder las sie seine Erklärungen, warum er nicht kommen wollte, versuchte zu verstehen und verstand nicht. Der Robert in dem Brief war ein anderer als der, den sie auf der Reise kennengelernt hatte. Wieder ein Mann in ihrem Leben, dem sie sich annäherte und der sich dann von ihr entfernte. Der Schmerz darüber vermischte sich mit dem über ihre Situation des Wartens und Bangens, der Ungewissheit über den Ausgang des Gutachtens und ihre Zukunft. Die Untersuchung hatte sich über ihr zu einem bedrohlichen Gebirge aufgebaut, sie wusste weder, was auf sie zukam noch wie sie sich darauf vorbereiten sollte. Man musste sich doch darauf vorbereiten, wie auf eine Prüfung, und wenn man das nicht tat, würden sie es herausbekommen und es gegen sie verwenden. Das durfte sie nicht riskieren, zu viel stand auf dem Spiel. Sie dachte nach, was zu tun war. Da fiel ihr ein, dass sie von einer Frau gehört hatte, die eine Bekannte ihrer Freundin war, die eine solches Gutachten hatte machen lassen und dadurch einen Aufenthalt erwirkt hatte. Die konnte ihr vielleicht helfen. So rief sie ihre Freundin an, die versprach, den Kontakt herzustellen. Milja, so hieß die Frau aus dem Kosovo, sollte sich bei ihr melden. Am Abend desselben Tages rief sie tatsächlich bei Safina an, und sie vereinbarten, sich am nächsten Tag nachmittags in einem Cafe zu treffen. Milja sah schlecht aus, es ging ihr nicht gut, aber Safina vermied, ihr Fragen zu stellen, um das Gespräch nicht zu erschweren. Nachdem die beiden Frauen sich kurz über ihre derzeitige Lebenssituation ausgetauscht hatten, fragte Safina vorsichtig: „Was fragen die denn so?" Milja antwortete, dass es in erster Linie um das derzeitige körperliche und seelische Befinden gehe. Das müsse sie möglichst konkret schildern, auch ihre Träume, dass sie schlecht schlafe und so weiter. Gut sei, wenn sie sage, dass sie große Ängste und manchmal Panikattacken habe, dass habe sie auch so gemacht. Das würden sie als Hinweis auf ein Trauma deuten. Dann würden sie nach ihren Erlebnissen im Krieg fragen, das müsse sie natürlich auch erzählen, in allen Einzelheiten. Sie würden dann nachfragen, zum Beispiel, welche Gefühle sie damals gehabt habe, was danach passiert sei und wie oft sie Bilder von damals vor sich sähe. Sie würden das dann alles aufschreiben. Schließlich wies sie darauf hin, dass das Interview in ihrer Muttersprache stattfinden könne, wenn sie das wolle. Sie würden dann einen Dolmetscher hinzuziehen. „Es ist nicht so schlimm, wie du vorher befürchtest, die Psychologen sind schon sehr nett, ganz anders als die auf dem Amt." Safina nickte, ihr wurde ganz mulmig, während Milja über ihre Erfahrung sprach. Das stand ihr also bevor, alles noch einmal erzählen, was sie mehr oder weniger erfolgreich versucht hatte zu verdrängen. Was sie in Träumen ansprang wie ein wildes Tier und Panik auslöste. Würde sie das überhaupt schaffen, zu reden? Und wenn nicht? Wieviel Geduld würden die Psychologen aufbringen? Sie versuchte aus dem Kreislauf der Gedanken herauszukommen und fragte: „Und wie lange dauert das?" Milja sagte, bei ihr wären es fünf Stunden mit Pause gewesen. „Ein Tag also? Ich habe gehört, dass es auch mehrere Tage sein können", wandte Safina ein. Milja zuckte mit den Schultern. „Kann sein, weiß nicht so genau. Bei mir war es jedenfalls nur ein Tag. Danach war ich schon fertig, aber auch froh. 2 Wochen später haben sie mir dann das Ergebnis gesagt, vom Ausländeramt. Ich musste dahin kommen. Mein Gott, war ich happy, dafür hat sich das gelohnt." Sie sah Safina fest in die Augen. „Du schaffst das auch, mit deiner Geschichte . Ganz bestimmt." „Ich hoffe, ja," lautete Safinas knappe Antwort. Sie drückte kurz die Hand ihrer Gesprächspartnerin, bedankte sich und versprach, sich bei Milja zu melden, wenn das Ergebnis vorlag. Dann verabschiedeten sich die Frauen voneinander und verließen das Cafe.

Kapitel 25

Der entscheidende Anruf kam an einem Freitag Morgen. Ihre Rechtsanwältin teilte ihr mit, dass die Untersuchung am Montag und eventuell Dienstag stattfinden würde.

Sie müsse nach Frankfurt kommen, sie nannte ihr die Adresse. Es sei ein traumatologisches Institut in der Innenstadt, wo das Interview – so nannte sie es – stattfinde. Eine Dolmetscherin sei auch dabei, die von Bosnisch ins Deutsche übersetzen könne. Safina notierte alles und fragte, ob sie etwas mitbringen müsse. Es wäre gut, wenn jemand zur Begleitung mitkäme, es sein doch eine psychisch belastende Situation, meinte ihre Anwältin. Ob sie eine Freundin habe. Ja, sagte Safina, die habe aber ein kleines Kind und könne wahrscheinlich nicht mitkommen. Aber sie habe noch einen Bekannten, den werde sie fragen.

Nach dem Telefonat rauchte sie drei Zigaretten und spürte, wie die Anspannung in ihr hochkroch. Also in drei Tagen war der entscheidende Tag. Wie würde sie sich fühlen? Wenn niemand mitkam, würde sie mit dem Zug fahren müssen. Das würde sie aber bis zum Termin, 10 Uhr vormittags, nicht schaffen. Also am Tag vorher hinfahren, aber wo übernachten? Sie kannte niemanden in Frankfurt. Geld für ein Hotel hatte sie keins. Darüber machten sich die vom Institut und auch ihre Anwältin keine Gedanken. Unruhig lief sie in der Wohnung auf und ab. Dabei stieß sie mit dem Knie an eine Tischkante, was ziemlich weh tat. Sie fluchte und setzte sich hin. Dann starrte sie auf das Mobiltelefon, das auf dem Tisch lag. Sollte sie es doch noch einmal bei Robert versuchen? Sie dachte an den Inhalt des letzten Briefes und verwarf den Gedanken schon fast, als ihre Hand zum Hörer griff. Verdammt, sie hatte niemanden, und auch ihre Anwältin hatte ihr geraten, jemanden mitzunehmen. Eine Weile ging das Freizeichen, dann knackte es in der Leitung, und sie hörte eine leise Stimme: „Ja?" Sie war unsicher, ob es Robert war, so leise klang sie. „Wer ist da?" „Hier ist Robert", kam es jetzt deutlich aus dem Hörer. „Und hier ist Safina", war ihre prompte Reaktion, „ich muss noch mal mit dir sprechen, bitte lege nicht auf. Am Montag ist mein Termin in Frankfurt. Ich brauche jemanden, der mich begleitet, hat meine Anwältin auch gesagt. Ich brauche dich, ich habe sonst niemanden, der in Frage kommt." Eine Weile war es ruhig in der Leitung, dann hörte sie Roberts Antwort, die ganz sicher klang. „Ich komme am Sonntag zu dir, ich sehe ein, dass es eine Ausnahmesituation ist. Aber bis dahin habe ich noch zu tun. Ich komme dann am Nachmittag." Safina atmete tief durch und spürte ihre Erleichterung. „Danke, das vergesse ich dir nicht. Wir müssen am Montag früh los, um 10 Uhr ist der Termin in Frankfurt. Du kannst bei mir übernachten." Sie hörte, wie Robert sich räusperte. „Nein, ich gehe in eine Pension, das ist besser. Ihr habt ja eine am Ort, bitte reserviere für mich von Sonntag auf Montag." „Gut, das mache ich. Wie geht es dir?" Robert überging ihre Frage einfach und sprach das Thema Vorbereitung auf die Untersuchung an. „Ich bringe dir ein paar Fragen mit, die traumatisierten Menschen in der

Diagnostik gestellt werden. Die habe ich in meiner Praxis. Wir gehen die Fragen dann noch einmal miteinander durch. Also mach es gut bis dann, es wird schon alles gut gehen." Safina spürte wieder diesen Kloß im Hals, nachdem Robert und sie das Gespräch beendet hatten, mit den üblichen Floskeln „Mach es gut bis dann, alles Gute." Robert hatte gut reden. Wird schon alles gut gehen. Und wenn nicht? Sie begann wieder aufzuräumen, dachte an den Tag und das Wochenende, das vor ihr lag. Sie würde bis Sonntag allein sein. Sie überlegte einen Moment, dann legte sie eine CD mit Balkanmusik auf und begann zu tanzen. Sie tanzte durch Küche und Wohnzimmer und sang , versuchte auf diese Weise ihre trüben Geister zu vertreiben. Nach einer Weile nahm sie ihre Violine und spielte einfach zur Musik, so gut sie konnte. Sie tanzte und spielte und spürte ihre Erschöpfung. Als sie nicht mehr konnte, warf sie sich aufs Bett, den Geigenbogen noch in der Hand. Sie stieß einen Schrei aus, dann weinte sie sich die Angst und Traurigkeit aus der Seele und schlief irgendwann ein.

Sie träumte sich in einen großen, fast leeren Raum. Ein kleiner Holztisch stand in der Mitte, auf dem lag ein Blatt Papier, daneben eine Feder und ein Tintenfass. Dann hörte sie eine Stimme, die durch den Raum hallte. „Schreiben Sie ihre Gründe auf, warum wir Sie freilassen sollten. Auf diesem Papier. Vielleicht fallen ihnen welche ein. Sie haben aber nicht mehr viel Zeit, denken Sie dar-

an. Sonst bleiben Sie für immer hier. Für immer." Dann noch ein höhnisches Lachen. Verzweifelt versuchte sie sich zu erheben. Sie lag am Boden, war gefesselt, es ging nicht. Sie rollte sich hin und her, kam dem Tisch näher, aber ihre Arme und Beine waren zu unbeweglich, sie war nicht in der Lage, sich zu erheben. Sie schrie und wachte auf. Wie immer nach einem solchen Traum griff sie sofort zu ihren Tabletten, die auf dem Nachtisch lagen. Sie taumelte in die Küche und rauchte eine Zigarette nach der anderen. Der Morgen dämmerte bereits, spärliches Licht drang in die Küche. Zu wenig für eine Erleuchtung. Wann würde es endlich aufhören und sie in Ruhe lassen? Montag würde sie es erzählen, damit sie endlich nicht mehr allein mit den bösen Träumen und den wilden Tieren in ihrer Seele war. Sie musste springen.

Der Samstag verging ereignislos und träge, wie ein langsam dahin fließendes Gewässer. Sie tat fast gar nichts, versuchte zu lesen, schrieb sich einige Gedanken auf für das Gespräch mit Robert, zerriss die Zettel, es kam ihr sinnlos vor. Sie würde nichts vorlesen können, es musste alles spontan aus ihrem Inneren kommen, sonst würden sie ihr nicht glauben. Sie sah fern, hörte Musik, versuchte sich abzulenken. Am Abend telefonierte sie mit ihrer Freundin, trank eine halbe Flasche Wein und schaute sich die Übertragung eines Symphoniekonzertes im Fernsehen an, die 2. Symphonie von Sibelius, eine ihrer Lieblingssymphonien. Von den mächtigen und tragischen Akkorden am Ende fühlte sie sich fortgetragen wie von einer Welle und sah sich am Strand spazieren gehen. Irgendwo weit weg am Meer, wie gerne wäre sie jetzt da gewesen. Am Atlantik, wo sie immer mal hinwollte, wo die Brandung besonders heftig war, wie sie es mochte.

Am Sonntag Nachmittag kam schließlich Robert, er stand vor der Tür in einem braunen Mantel, hatte einen Strauß Blumen dabei. „Da, für dich." Er streckte ihr unsicher die Blumen entgegen, sie merkte, dass er darin nicht geübt war wie in so vielen Dingen, was ihr immer wieder aufgefallen war. Sie war gerührt und zog ihn an der Hand herein, sonst wäre er vor der Tür stehen geblieben. Zum ersten Mal betrat er ihre Wohnung. Er zog den Mantel aus, legte ihn über einen Stuhl. „Du kannst ihn auch da aufhängen", sie zeigte auf eine kleine Garderobe. „Entschuldige", er erhob sich hastig und hängte den Mantel auf. „Wofür?", fragte sie, um sogleich zur nächsten Frage überzugehen. „Willst du einen Kaffee?" fragte sie, „ich habe noch welchen von heute morgen in der Kanne." „Ja, gerne", sagte Robert. Safina goss ihm ein. Sie saßen sich schweigend gegenüber. „Schön hast du es hier. Besonders die alten Möbel gefallen mir. Ich mag es nicht so modern." Safina lächelte etwas gequält. „Ja, weißt du, auch deswegen habe ich die Wohnung genommen, wegen der alten Möbel. Wir hatten früher auch immer so alte Tische und Stühle. Und Schränke." Robert nickte. Safina blickte ihm in die Augen. „Du wirkst etwas abwesend. Geht es dir nicht gut? Oder war es schwer für dich, hierher zu kommen?" Robert blickte sie immer noch nicht an, sondern sah gedankenverloren auf den Tisch und hatte die Hände flach darauf gelegt. „Nein, das ist es nicht. Wirklich nicht. Ich bin nur etwas durcheinander in letzter Zeit, wie ich dir am Telefon schon sagte. Aber es geht." Safina nahm seine Hand, um den Kontakt zu ihm, der für sie im Moment so weit weg war, herzustellen. „Du brauchst mir nur bei den Fragen helfen. Mehr erwarte ich nicht. Morgen kannst du wieder fahren." Robert blickte sie traurig an und erwiderte ihren Händedruck. „Ich habe mich auf dich gefreut. Wirklich, auch wenn du es nicht glaubst. Aber es ist einfach zu viel passiert in letzter Zeit. So was habe ich lange Jahre nicht erlebt. Da lief alles so vor sich hin. Und auf einmal verändert sich vieles. Ich komme innerlich nicht mit und versuche, in ein normales Leben zurückzufinden. Ich schwanke hin und her. Aber was soll's, jetzt bin ich hier." Er trank einen Schluck Kaffee. „Und du? Bist du bereit?" Sie sah ihn fragend an. " Wofür bereit?" „Für die Fragen, die sie dir stellen werden." Sie lachte, aber es klang eher bitter. „Das weiß ich doch nicht. Ich weiß noch nicht mal, welche sie mir morgen stellen werden. Und wenn ich sie nicht richtig beantworte, bin ich eine Idiotin. So fühle ich mich dann jedenfalls." Sie schob ein Bild über den Küchentisch. „Das ist ein Bild von mir vor ein paar Jahren. Da sah ich noch ganz anders aus, war froh und gesund. Da siehst du den Unterschied zu heute. Vielleicht sollte ich das morgen mitbringen. Dann sehen sie es auch." Robert nahm das Bild. „Das wird nichts bringen. Sie werten nur Aussagen, keine Bilder. Lass uns keine Zeit verlieren, ich habe ein paar Fragen mitgebracht. Dann können wir sehen, was du am besten sagst oder weglässt.

Sie gingen gemeinsam die Fragen durch. Es ging vor allem um ihre Gefühle und die schweren Träume, die sie seit ihrem Erlebnis quälten. Robert fragte immer wieder nach Details, und Safina hatte Mühe, darauf zu antworten, immer wieder stockte und versagte ihre Stimme. Robert war sehr verständnisvoll und ließ ihr Zeit, unterstützte sie durch einfühlsame Worte. Er gab ihr Hinweise und Tips, die eine Diagnose einer Traumatisierung erhärten würden, und die sie unbedingt im Gespräch mit den Psychologen erwähnen sollte. Dazu zählten Symptome wie Panikattacken, Schlaflosigkeit, Ängste vor Verfolgung und Gewalt. Sie solle aber nichts erfinden, das würden sie merken, weil sie Aussagen nach Wahrheitsgehalt einstufen würden. Er sei aber sicher, dass das, was sie zu erzählen hätte, ausreichen würde. Das beruhigte Safina, die den ganzen Abend nervös und angespannt war, immer wieder aufstand, eine Zigarette nach der anderen rauchte und schließlich Wein trank, um sich abzulenken. Robert bat sie, mit Blick auf den nächsten Tag nicht zu viel zu trinken. Dann gingen sie gegen zehn

Uhr erschöpft ins Bett, Robert machte sich auf in seine Pension und schlief sofort ein. Safina lag noch eine Weile wach und hörte ihr Lieblingslied.

Kapitel 26

Am nächsten Tag fuhren sie früh los. Der Verkehr war dicht, immer wieder fragte Safina, ob sie es schaffen würden. Schließlich nahm Robert eine Ausfahrt und fuhr die Landstraße Richtung Frankfurt. Gegen halb neun waren sie da, sie mussten noch eine Weile durch den Stadtverkehr, aber Roberts Navy führte sie sicher zum Ziel. Viertel nach neun suchten sie einen Parkplatz vor dem unscheinbaren Flachbau, das dauerte noch eine Weile. Halb zehn betraten sie das Gebäude. Sie gingen zum Empfang, wurden in einen Warteraum geführt. Dort saßen sie die restliche halbe Stunde stumm auf den blauen Schalensesseln. An den Wänden hingen impressionistische Landschaftsgemälde. Sonst war der Raum sehr nüchtern. Safina saß versunken und mit geschlossenen Augen da, als wäre sie eingeschlafen. Schließlich kam ein freundlicher, untersetzter Mann mit Brille und fragte: „Frau Lamic?" Safina zuckte zusammen und richtete sich auf. „Ja?" „Schön, dass sie gekommen sind. Würden Sie mir bitte folgen." Safina stand auf, drehte sich zu Robert und lehnte sich einen Moment an ihn. „Alles Gute. Du schaffst es." „Ja, ich schaffe es", flüsterte sie, und es war eine Festigkeit in ihrer Stimme, als stünde das Ergebnis der Untersuchung schon fest, bevor das erste Wort gesprochen war. „Ruf mich an, ich warte auf dich." Safina folgte dem Mann, und die weiße Tür schloss sich leise hinter ihr.

Robert fuhr ziellos durch die Stadt, wusste nicht, was er tun sollte. Am liebsten wäre er gefahren, es gab viel zu tun, zu Hause warteten unbeantwortete Briefe, Behördengänge und die notwendigen Maßnahmen, um seine Praxis wieder zu eröffnen. Aber er konnte Safina nicht antun, dass sie nach diesem schwierigen Tag allein nach Hause fahren musste. Er wunderte sich, dass sie so viel allein durchgestanden hatte, seit sie in Deutschland war. Wie viele Menschen ausländischer Herkunft teilten ihr Schicksal! Sie warteten auf Bescheide, hatten keine Arbeit und kein Geld, mussten sich solchen intimen Befragungen unterziehen, um überhaupt eine Chance auf einen Aufenthalt zu bekommen. Er spürte eine Wut, gepaart mit Kampfeslust, die er aus Zeiten seiner linkspolitischen Aktivitäten kannte. Wie lange war das her? Mindestens zwanzig Jahre. Seitdem hatte er sich um sich und sein Leben gekümmert, das nun vor einer entscheidenden Wende stand. Dabei war vieles auf der Strecke geblieben, auch Freundschaften. Der berufliche Klammergriff war immer stärker geworden, und sein Beziehungsleben hatte sich immer mehr auf eine auseinanderdriftende Ehe beschränkt. Das wollte und musste sich jetzt ändern. Meike hatte sich noch nicht gemeldet, und er traute sich nicht, sie anzurufen. Es fiel ihm sehr schwer, sich zu gedulden, wie sie es gefordert hatte, weil es nicht seiner Art entsprach. Er nahm die Dinge gerne in die Hand. Auch bei Safina war er nun in der Warteposition. Heute würde er auf sie warten, und dann würde es noch eine Weile bis zum Ergebnis dauern. Hoffentlich nicht zu lange, sie war sehr angeschlagen, das spürte er, und sie brauchte jetzt eine Klarheit für ihre Zukunft. Er sah noch einmal vor seinem inneren Auge, wie sie vor Salzburg über den Zaun gesprungen war. Sie musste das jetzt durchstehen, es war ihre Chance und ihre Befreiung. Er steuerte ein Cafe an, das auf der rechten Straßenseite auftauchte, parkte den Wagen und betrat einen behaglich wirkenden Raum mit vielen kleinen Lampen auf den Tischen. Er bestellte sich einen Milchkaffee, nahm sich eine Zeitung und wartete, fiel in einen Dämmerzustand wie lange nicht mehr, spürte, wie er schöpft er war, und schloss die Augen.

Eine Weile verharrte er in diesem Zustand. Als er nach dem Kaffeetrinken wacher wurde, las er noch eine Weile Zeitung, merkte aber, wie zerstreut er war. Er bezahlte und trat ins Freie. Er fröstelte an diesem kalten Junitag, die Sonne schien von einem milchig-weißen Himmel herab, aber ihre Wärme drang nicht durch. Er schlug den Mantelkragen hoch und ging ein paar Schritte. An einer Imbissbude blieb er unschlüssig stehen, kaufte sich eine Frikadelle, weil er ein Hungergefühl verspürte. Sie schmeckte nach nichts, aber er aß sie trotzdem. Es war jetzt ein Uhr. Wie lange sie wohl brauchten? Hatte Safina das Entscheidende schon erzählt? Ob sie ihr wenigstens eine Pause gönnten? Er spürte seine Ohnmacht, sie trieb ihn an, weil er in einer solchen Gefühlslage immer etwas tun musste. Er kontrollierte sein Handy noch einmal, für den Fall, dass sie anrief. Auf keinen Fall sollte sie ihn nicht erreichen können. Er lief durch den Park, erreichte das Ufer des Mains. Schon als kleiner Junge hatte er Flüsse geliebt, hatte stundenlang den Schiffsverkehr in Köln am Rhein, wo er aufgewachsen war, beobachtet. Einige große Tanker trieben stromabwärts, nur wenige Fußgänger waren unterwegs. Eine Weile ging er versonnen am Ufer entlang, erinnerte sich an eine recht unbeschwerte Kindheit in einem großen Haus am Rande der Stadt. An schöne, verspielte Sommer mit Nachbarskindern. An leidenschaftliche Fußballspiele auf dem Platz neben der Tankstelle. An seine erste große Liebe, Michaela, ein lustiges Mädel mit langen blonden Haaren und Sommersprossen. Als er endlich mit ihr schlafen wollte, hatte sie sich in einen Freund verliebt. Das ganz normale Chaos der Liebe. Aus der unbeschwerten Kindheit wurde eine Jugend mit vielen Krisen, der vorläufige Bruch mit seinen Eltern und sein Auszug aus dem Haus, in dem er sechzehn Jahre zugebracht hatte, waren der Höhepunkt. Dann Studium, Aufbau der Praxis, die ersten leidenschaftlichen Begegnungen mit Meike. Die Normalität und Einebnung aller großen Gefühle in einen mehr oder weniger funktionierenden Alltag. Das Erkalten der Liebe. Jetzt war er in einer Phase angekommen, wo wie in einer Symphonie ein langsamer, ruhiger Satz in Moll ablief, dem aber bald ein dramatischer folgen konnte. Während der Film seines Lebens vor seinem inneren Auge am Flussufer wie im Zeitraffer ablief und er langsam dahin trottete, klingelte das Handy laut und riss ihn aus seinen Gedanken. Safinas Stimme, leise und zitternd.. „Du kannst mich abholen." Schnell lief er zum Auto und fuhr durch den dichten Nachmittagsverkehr den Weg zurück. Als er sie im Flur des Gebäudes in die Arme nahm, sagte sie kein Wort, schluchzte ein wenig an seiner Brust und ließ sich widerstandslos zum Auto führen. Dann fuhren sie los, und er wartete, bis sie bereit sein würde, etwas zu erzählen. Aber Safina schwieg. Und ihr Schweigen war ein Schutzschild für eine Seele, die sich an diesem Tag geöffnet hatte, weil sie es musste. Robert spürte, dass sie mitgenommen und wohl auch verletzt war durch die Fragen. Er respektierte, dass sie sich nun auch vor ihm zurückzog. So fuhren sie aus Frankfurt hinaus in die Nacht, und leise erklang Musik aus dem Recorder. Es war eine Musik, die er für diesen Tag ausgesucht hatte : Das Köln - Konzert von Keith Jarrett, das er ihr neulich vorgespielt und sofort ihren Gefallen gefunden hatte.

Kapitel 27

Nachdem sie sich noch am Abend voneinander verabschiedet hatten, nicht ohne die Zusage ihrerseits, sich bei ihm zu melden, sobald sie von dem Ergebnis erfuhr, war er spät nachts nach Hause gefahren und todmüde angekommen. In seiner immer noch leeren Wohnung – keine Nachricht von Meike – hatte er noch eine Flasche Dornfelder geöffnet und im Wohnzimmer bei dämmriger Beleuchtung gesessen. In einem Zustand, in dem er zu Nachdenken nicht mehr fähig war, spürte er nur noch Erschöpfung, aber auch eine gewisse Zufriedenheit. Immerhin hatte er es geschafft, zu ihr zu fahren, trotz aller Bedenken, und das Gefühl, ein gutes Werk vollbracht zu haben. Und jetzt? Blieb nur noch das Warten. Warten auf Meikes Anruf, dass sie sich herablassen würde, mit ihm ein Gespräch zu führen über ihre gemeinsame oder getrennte Zukunft. Im Moment glaubte er eher an keine gemeinsame. Warten auf Safinas Anruf. Dass sie es geschafft hatte oder eben nicht. An Letzteres wagte er nicht zu denken.

Im anderen Fall würde es wohl bei jetzigem Stand darauf hinauslaufen, dass sie sich ab und zu sehen würden, mehr aber auch nicht. Die Zeit mit ihr war spannend, als er sie in der Klinik kennengelernt hatte und sie blass am gedeckten Tisch im Speisesaal saß. Er versuchte, sich das Gefühl vorzustellen, es gelang ihm nicht. Es hatte sich etwas dazwischen geschoben, was mit Realität nur unzureichend beschrieben war. Sie waren zu weit voneinander entfernt, als dass sie an so etwas wie Freundschaft oder gar Partnerschaft denken konnten. Eine Freundschaft hätte ihm vielleicht gereicht. Aber wie sollte er mit ihr eine solche führen, auch sie hatte davon in letzter Zeit nicht mehr gesprochen. Also blieb nur, dass er ihr als erfahrener Psychiater bei einer Traumatherapie zur Seite stand. Das deprimierte ihn. Er brauchte und suchte etwas anderes. Aber was? Den Kick, das Abenteuer, die schöne Frau, die sich für ihn als Mann interessierte. Am liebsten wäre ihm gewesen, dass er mit Meike wieder mehr in Kontakt treten konnte und sie den Knoten zu lösen versuchten, der über den gemeinsamen Jahren entstanden war. Aber das stand im Moment nicht zur Debatte.

Im Moment interessierten sich andere Menschen für ihn. Ehemalige Patienten, die zuhauf in seiner Praxis anriefen, wo seine Sekretärin inzwischen eine Art Telefondienst eingerichtet hatte. Der wurde reichlich genutzt, nachdem er die Wiedereröffnung seiner Praxis in der Zeitung bekanntgegeben hatte. Daraufhin riefen viele seiner Patienten an und verlangten nach einem Termin. Das freute ihn einerseits, denn so schlecht konnte dann seine Arbeit doch nicht gewesen sein. Andererseits machte es ihm Druck. Er fühlte sich noch nicht ganz bereit, wieder das Seelenleben anderer Menschen zu begutachten, konnte es sich aber nicht länger leisten, seine Praxis geschlossen zu halten. So hatte er begonnen, erste Termine zu vereinbaren, die ersten würden kommenden Montag stattfinden. Jetzt war Freitag, und er hatte noch das Wochenende vor sich. Nach einer unruhigen Nacht wachte er Samstag gegen zehn Uhr auf. Es war ein schöner Tag, trockenes und sonniges Wetter, und er beschloss, einen längeren Spaziergang an einer in der Nähe gelegenen Talsperre zu unternehmen.

Die umrundete er gerne, und wegen der Kälte musste er schnell gehen. Das Wasser spiegelte das leuchtende Blau des Himmels, die Stille und Weite der vor ihm liegenden Landschaft brachten seine Gedanken und Zweifel zur Ruhe. Abstand von allem, das war das, was seine Seele jetzt brauchte. Und ein klares Bewusstsein bezüglich seiner Lage. Gegen Mittag klingelte sein Handy, Meike war dran. „Hallo, wie geht`s ?" „Ganz gut", antwortete er nicht ganz ehrlich. Spontan fragte er sie, ob sie Lust auf einen Spaziergang hätte. Eigentlich habe sie etwas anderes vor, aber das könne sie verschieben. Vielleicht wäre es ja gut, sich mal wieder zu treffen. Überrascht und erfreut, schlug er ihr vor, zur Talsperre zu kommen, dort sei er gerade, es sei sehr schön. „Gut, in einer halben Stunde bin ich da." Sie kam tatsächlich, und sie umarmte ihn sacht. Das tat gut, er mochte sie gar nicht loslassen, bis sie sich sanft löste. Dann gingen sie den Weg um den See gemeinsam. Er sagte ihr plötzlich, sein

Inneres drängte ihn schon seit längerem dazu, er müsse ihr etwas erzählen. Fragte, ob sie bereit sei, sich eine merkwürdige Geschichte anzuhören, die seine Abwesenheit erklären könne. Sie sagte einfach nur: „Ja, erzähl." Dann erzählte er ihr die Geschichte von Safina, von Anfang an, zuerst protokollarisch vom Beginn des Kennenlernens in der Klinik an, dann aber zunehmend auch mit Erklärungen und Details, mit denen er sein Interesse und die Art der Beziehung deutlich zu machen versuchte. Er erzählte, ohne dass sie ihn unterbrach, sie hörte einfach nur zu. Und so lief der ganze Film noch einmal ab, und Robert erzählte eine Geschichte von sich und einer anderen Frau, die schon fast zu Ende war. Zwischendurch sah er immer mal wieder zu Meike hinüber, Aber sie ließ keine Reaktion erkennen. Als er geendet hatte , waren sie an einer Bank angekommen. Sie setzten sich und schauten auf das Wasser, dessen Oberfläche glatt und ruhig war. Dann sagte Meike: „Weißt du, irgend so etwas habe ich geahnt. Ich bin froh, dass du es mir endlich erzählt hast, weil sonst ewiges Misstrauen zwischen uns ist. Es passt auch zu dir, diese Geschichte mit Safina. Irgendwie ein bisschen irre. Ich habe schon öfter mal gedacht, dass du dich als Arzt in eine deiner Patientinnen verliebst." Bevor Robert dazu etwas sagen konnte, fuhr Meike fort: „Ich glaube dir auch, dass du für eine Safina nicht einfach unsere Ehe hinschmeißen willst. Aber ich weiß im Moment nicht, wie wir das Ganze fortführen wollen, ohne uns selbst zu verleugnen. Zumindest so, wie wir im Moment sind." Robert drückte ihre Hand und fragte leise: „Was heißt das für dich?" Meike holte tief Luft und schaute nach oben. „Ich weiß es im Moment nicht, Robert. Ich kann nicht einfach zu dir zurückkommen. Trennen will ich mich auch nicht so einfach. Lass es uns herausfinden. Vielleicht durch eine Beratung." Robert spürte, wie ihn Meikes Worte zugleich erleichterten und auch traurig machten. Traurig, weil sie so viel versäumt hatten. Erleichtert, weil es noch Hoffnung gab. Er nahm sein Taschentuch und wischte sich ein paar Tränen aus den Augen. Er hasste es, zu weinen. Jetzt und hier aber konnte er seine Gefühle zeigen. Meike tat ihm gut mit ihrer ruhigen Art und Nüchternheit . Es war noch nicht alles vorbei. Sie gingen in eine nahe gelegene Cafeteria, tranken noch einen Milchkaffee und plauderten über dies und das. Es tat beiden gut, einfach mal über Alltägliches und Unverfängliches zu reden. Dann gingen sie getrennte Wege und vereinbarten, sich in nächster Zeit wieder zu treffen.

Kapitel 28

Safinas Anruf kam eine Woche später morgens um neun. Er war gerade in seiner Praxis angekommen und hatte wenig später den ersten Termin. „Es ist positiv. Sie haben mich anerkannt, ich kann bleiben." Ihre Stimme klang seltsam, nicht so wie er es erwartet hätte –freudig erregt-, sondern eher nachdenklich. „Ich weiß jetzt noch gar nicht, was das jetzt bedeutet, ob ich…." Robert fiel ihr ins Wort . „Mensch, das ist doch super, ich freu mich so für dich. Du hast es geschafft. Der ganze Druck ist jetzt weg." Eine Weile war es still in der Leitung. „Ich weiß nicht. Ich fühle mich so seltsam. Der Druck ist weg, ja, aber was mache ich jetzt? Sie haben gesagt, ich solle erst mal eine Therapie machen. Arbeit bekomme ich erst dann, wenn ich einen Pass habe. Das dauert eine ganze Weile. Ich möchte aber nicht hier rumsitzen und warten, bis es soweit ist. Ich will arbeiten, etwas Sinnvolles machen. Ich glaube, ich fahre erst mal zu Marica. Die braucht mich. Hier ist alles so seltsam." Robert merkte, wie sein Ärger hochstieg. „Jetzt freu dich doch erst mal. Du kannst jetzt in aller Ruhe entscheiden, wie es weitergeht. Sie können dich nicht mehr abschieben. Das ist das Beste, was dir passieren konnte." „Woher willst du das so genau wissen? Für dich ist jetzt alles klar, du hast mir dazu geraten und hattest Erfolg. Schön, ich bin dir dankbar. Und jetzt? Jetzt soll ich wieder in eine Behandlung. Ich bin aber nicht krank. Ich will arbeiten und Geld verdienen." Sie sprach laut und aggressiv, er konnte sich ihren Gesichtsausdruck dazu gut vorstellen. Er spürte seine Enttäuschung, die den Ärger mehr und mehr ablöste. „Du musst doch nicht sofort mit einer Therapie anfangen, du bekommst sowieso nicht so schnell einen

Platz. Genieße doch erst mal das wichtige Ergebnis. Jetzt kann dir niemand mehr vorschreiben, wo du in Zukunft lebst." „Für mich geht das nicht so einfach. Ich kann nicht genießen. Dieses Leben hier allein in der Wohnung macht mich fertig. Das ist alles zu viel für mich." Robert hörte ein leises Weinen. Er musste das Telefonat bald beenden, seine Sekretärin hatte schon den Kopf durch die Tür gesteckt und ihn auf die Anwesenheit eines Patienten aufmerksam gemacht. „Tut mir leid, ich muss Schluss machen, ich habe einen Patienten, melde mich wieder." Er wartete noch einen Moment, hörte ein leises Stöhnen und legte auf. Er fühlte sich ziemlich verwirrt. Hatte er einen Fehler gemacht und ihr zu etwas geraten, dessen Ergebnis ihr Leben nur komplizierter machte? War das jetzt seine Schuld? Sie hatte es doch so gewollt. Er nahm sich vor, sie so bald wie möglich zu besuchen, um das zu klären. Er befürchtete, dass sie aus dieser Gefühlslage zu falschen Entscheidungen neigte. Sie musste ihre Probleme hier lösen, nicht in Bosnien, davon war er überzeugt. An diesem Tag behandelte er drei Patienten. Routinebeschwerden. Depressive Verstimmungen, Ängste, Burn-out-Syndrom im Anfangsstadium. Nichts Ernstes. Was war schon wirklich so ernst zu nehmen, dass eine Krankschreibung oder Therapie gerechtfertigt wäre? Oder besser noch eine Auszeit. Manche brauchten vielleicht nur einfach eine solche, um wieder zu sich selbst und zu alter Stärke zurückzufinden. Er hatte seine Auszeit gehabt. Und? Ging es ihm wirklich besser? Ja, er konnte wieder behandeln. Er konnte sich wieder Probleme von Menschen anhören und die negativen Energien in seiner Praxis aushalten. Zumindest drei- oder viermal am Tag. Mehr schaffte er noch nicht. Vielleicht würde es ja dabei bleiben. Andererseits war sein inneres Durcheinander noch lange nicht verschwunden. Die Beziehungsknoten, die ihm zu schaffen machten. Er versuchte jetzt, nach der Arbeit zur Ruhe zu kommen. Abschalten, einen guten Krimi lesen, spazieren gehen, Fernsehen, einen Film und die Nachrichten. Den Alkohol reduzierte er. Mit Meike telefonierte er regelmäßig. Er saß dann in seinem Stress-Less-Stuhl und hörte ihre Berichte aus der Arbeit mit nervigen und lernunwilligen Schülern. Oder über das Leben mit der Freundin in ihrer Drei-Zimmer-Wohnung, das auch nicht reibungslos verlief. Manchmal dachte er: Komm doch zu mir zurück. Wir werden uns schon vertragen. Aber das war zu einfach, das war ihm klar. So ging es ja auch, eine Weile noch. So hoffte er, liegend in seinem Stuhl, dass der Faden, der ihn mit Meike verband, nicht reißen würde. Das war derzeit das Beste, was ihm passieren konnte. Manchmal hörte er sein altes Lieblingslied von Bob Dylan: „The answer is blowing in the wind", bevor er eindöste.

Kapitel 29

Eines Tages kam ein Brief von Safina, in dem sie schrieb: „Lieber Robert, ich möchte dir doch noch einmal schreiben. Ich bin zur Zeit in Sarajewo, bei Marica. Da gehöre ich hin. Sie ist jetzt acht Jahre alt und braucht mich. Wir wohnen zusammen in der Wohnung meiner Freundin, noch, es ist auf Dauer zu eng. Ich bin dabei, mir eine Wohnung zu suchen. Die Stadt gefällt mir. Es gibt viele nette Leute hier, auch in den Läden wird man freundlich begrüßt. Das ist ganz anders als in Deutschland. In meinem Dorf bin ich nicht warm geworden, und in der Stadt wäre es zu teuer für mich gewesen. Ich glaube, dass ich erst mal hier bleiben werde. Ich werde mir eine Arbeit suchen, werde schon etwas finden. Und Straßenmusik machen, damit etwas Geld verdienen. Hier gibt es viel Musik in der Stadt, ähnlich wie in Salzburg.

In Deutschland habe ich meine Wohnung abgemeldet. Sie wird wieder vermietet, die Möbel bleiben dort. Beim Ausländeramt bin ich auch gewesen, mein Sachbearbeiter hat ein ziemlich langes Gesicht gemacht, als ich ihm erklärt habe, dass ich zurückgehe zu meiner Tochter, und vielleicht später mit ihr zurückkomme, und auch erst mal keine Therapie mache. Und vielen Dank auch für das Gutachten, habe ich gesagt. Dafür haben die ja viel Geld bezahlt. Da hat er dumm geguckt, sage ich dir. Er hat dann nur gesagt, dass ich, wenn ich länger als ein

Jahr wegbleibe, meinen Anspruch auf Aufenthalt verwirke. Dann weiß ich jetzt, woran ich bin. Du denkst jetzt bestimmt: die spinnt. Stimmt ja vielleicht auch, aus deiner Sicht. Ich denke halt anders als du, und eine Mutter macht auch manchmal verrückte Sachen für ihr Kind. Ich habe Marica gefragt, ob sie mit mir nach Deutschland will. Da hat sie heftig angefangen zu weinen. Da war mir klar, dass das nicht geht. Sie hat halt ihre Freunde hier, fühlt sich wohl in der Schule. Ich bin jetzt auch das schlechte Gewissen los, was ich immer hatte. Weil ich sie so oft allein gelassen habe. Nach dem letzten Abschied habe ich mich ziemlich mies gefühlt. Das ist jetzt vorbei. Auch das ewige Hin und Her. Es geht mir ganz gut, das wollte ich dir eigentlich schreiben. Nur Serba geht es schlecht . Du hast sie ja kennengelernt. Sie liegt wohl im Sterben. Deshalb bin ich natürlich auch traurig, aber für sie ist es das Beste.

Du hast mir geholfen und warst bei mir, als ich es brauchte. Dafür möchte ich dir danken. Entschuldige, dass ich beim Telefonieren so böse war. Nicht auf dich, sondern ich war traurig, weil meine Situation immer noch schwierig ist . Kannst du das verstehen? Ich bin halt eine stolze Frau, und die Musik wird mir helfen, und auch das Leben hier mit Marica. Sei nicht böse auf mich. Ich habe dich wirklich gern. Du bist ein lieber Mensch, Robert. Und es war spannend mit dir. Ich hoffe, wir sehen uns bald mal in Deutschland wieder. Deine Safina."

Kapitel 30

Das Sonnenlicht fiel auf eine Szene, die sich auf einer Wiese abspielte. Es waren Menschen in bunten Kleidern dort. Erwachsene und Kinder, ein buntes Gemisch. Ein langer Tisch, gedeckt mit vielen Speisen. Es wurde Hochzeit gefeiert, und eine Kapelle spielte. Mitten drin eine Frau mit Geige, umgeben von fünf Männern mit Streichinstrumenten und einem Akkordeon. Einige erhoben sich von ihren Plätzen und begannen paarweise zu tanzen, was die Musiker beflügelte, noch lauter und rhythmischer zu spielen. Die Frau mit der Geige drehte sich beim Spielen, leicht flog ihr Bogen über die Saiten. Sie konnte spielen, denn sie war Musikerin. Sie hatte in Sarajevo studiert und nun eine eigene Kapelle gegründet. Das war immer ihr Traum gewesen. Mit Musik Menschen zum Tanzen und Lachen zu bringen. Sie spielte alte Volkslieder der Zigeuner, die ihre Mitspieler mit Swing- oder Bossarhythmen begleiteten. Und als das Sonnenlicht dämmerte und man Lampions angezündet hatte, spielte die Kapelle immer weiter, bis keiner mehr auf seinem Stuhl saß und alle in einer dichten Menge tanzten. Und die Frau mit der Geige war glücklich. Und hinter ihr sprangen die Kinder über den Zaun.